キーフレーム:ライアン・メイナーディング

MARVEL STUDIOS
THE INFINITY SAGA

THE ART OF
MARVEL STUDIOS

CAPTAIN AMERICA
THE WINTER SOLDIER

アート・オブ・『キャプテン・アメリカ
／ウィンター・ソルジャー』

著者
マリー・ジャヴィンズ

前書き
アンソニー＆ジョー・ルッソ

デザイン
ジェフ・パウエル

キャプテン・アメリカ原案
ジョー・サイモン＆ジャック・カービー

TITAN BOOKS

マーベル・パブリッシング

編集：ジェフ・ヤングクイスト
編集、スペシャルプロジェクト：サラ・シンガー
マネージャー、ライセンス出版：ジェレミー・ウェスト
ヴァイスプレジデント、ライセンス出版：スヴェン・ラルセン
シニアヴァイスプレジデント、セールス&マーケティング：デイビッド・ガブリエル
編集長：C・B・セブルスキー

マーベル・スタジオ（2014年）

社長：ケヴィン・ファイギ
共同社長：ルイス・デスポジート
エグゼクティブ・ヴァイスプレジデント、VFX：ヴィクトリア・アロンソ
シニアヴァイスプレジデント、プロダクション&デベロップメント：ネイト・ムーア
クリエイティブ・マネージャー、リサーチ&デベロップメント：ウィル・コロナ・ピルグリム
クリエイティブ・エグゼクティブ：トリン・トラン
プリンシパル・カウンセラー：ライアン・ポッター
クリアランス・ディレクター：エリカ・デントン
テクニカルオペレーション・ヴァイスプレジデント：ランディ・マクゴワン
デジタルアセット・コーディネーター：アレクセイ・クラソフスキー
ヴァイスプレジデント、フィジカル・プロダクション：ミッチ・ベル
フィジカル・アシスタントコーディネーター：アレクシス・アウディトーレ

アート・オブ・キャプテン・アメリカ／ウィンター・ソルジャー

2025年3月7日　初版第1刷発行

著
マリー・ジャヴィンズ

翻訳
ルビー　翔馬　ジェームス

協力
はちべぇ　@amecomic8

デザイン
古本　義治

本文DTP
デジタル職人株式会社

発行者
アンドリュー・ホール

発行所
株式会社フェーズシックス

発売所
東京都江東区大島6-14-3-904
SITE：p6books.com
X：@P6classic
Facebook：@phasesixpublishing

印刷・製本
シナノ書籍印刷株式会社

MARVEL STUDIOS' THE INFINITY SAGA - CAPTAIN AMERICA: THE WINTER SOLDIER: THE ART OF THE MOVIE
by Marie Javins

Copyright © 2025 by MARVEL BRANDS LLC

This translation of MARVEL STUDIOS' THE INFINITY SAGA - CAPTAIN AMERICA: THE WINTER SOLDIER: THE ART OF THE MOVIE, first published in 2024, is published in Japan by Phase Six Inc. in arrangement with Titan Publishing Group Ltd. through The English Agency (Japan) Ltd.

キーフレーム：ロドニー・フエンテベラ

キーフレーム：ロドニー・フエンテベラ

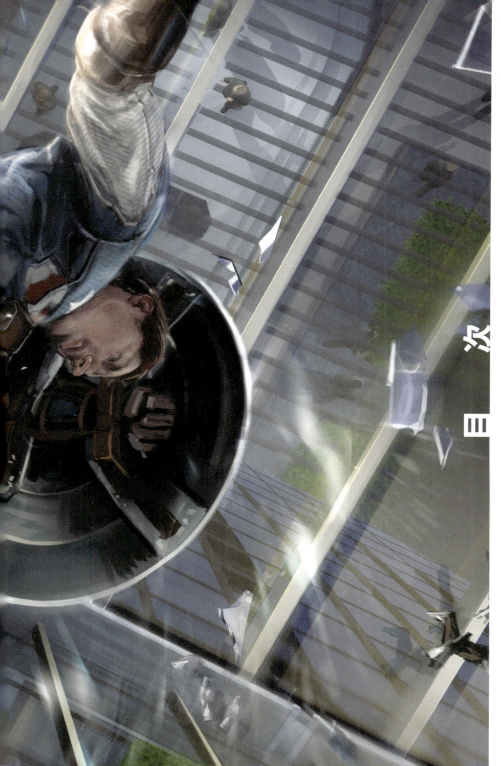

9	**まえがき**	By アンソニー&ジョー・ルッソ
10	**序章**	S.H.I.E.L.D.のエージェント、スティーブ・ロジャース
16	**第1章**	荒波
46	**第2章**	時代に取り残された男
64	**第3章**	陰謀の糸
114	**第4章**	闘争か逃走か
140	**第5章**	死の冬
170	**第6章**	さらばS.H.I.E.L.D.
216	**第7章**	『キャプテン・アメリカ／ウィンター・ソルジャー』のマーケティング
223	**あとがき**	By ライアン・メイナーディング
224	**本書関係者詳細**	
228	**本書関係者一覧**	
231	**アーティスト一覧**	

「私はコメディやミュージカル、スリラーも大好きだが、映画の本質はやはりアクション映画にこそあるのではないかと思っている。」
-ウォルター・ヒル（映画監督／脚本家）

「"Action" 意味：なにかをする過程、あるいはしたという事実。大抵の場合はある目的を達成するため」
-ノア・ウェブスター（18〜19世紀の辞書編纂者）

1970年代後半、私たちがまだ幼かった頃、二階建ての家のリビングルームにあったゼニスエレクトロニクス製のテレビの前。そこで、私たちは初めて『フレンチ・コネクション』を観たんだ。やっていたのは多分土曜の深夜。父は毎週の労働の疲れを癒す手段として映画を嗜んでいた。私たち兄弟同様、父は活発的で少し不眠症気味だったから、眠れない夜に時間をつぶすのに深夜のテレビは絶好の手段だったんだ。ほとんどの週末、父は私たちを夜更かしさせて映画を一緒に観てくれた。彼が映画への愛を私たちと分かち合いたかったのと、ボワリー・ボーイズで笑ったり、ハンフリー・ボガートを応援したり、数々のハマー・フィルムにくすっと笑いながら少し怖がったりする仲間が欲しかったからだ。

でも一番の影響を受けたのは『フレンチ・コネクション』を観た時の体験だね。あの時に覚えた、感情、体中に響くような緊張感…映画製作者も観客も、あの天才的なカーチェイスの凄さをわかっていると思う。しかし、フリードキン監督は徒歩での追跡シーンでも同じように私たちを興奮させてくれた。まだ幼かった私たちは、あれだけ巧みに構築されたアクションシーンを観たことがなかったんだ。カメラでの撮り方に、俳優の熱演、音響、映像の対比、高められた緊張感…35年経った今でも、初めてあの映画を観た時の体験を思い出せる。記憶に残る映画とはこういうことだ。

アクション映画の定義は、80年代後半に量産された高くて派手な映画のせいで誤った認識を受けるようになってしまったのかもしれない。これに当てはまるものの中には、私たちの大好きな作品も多い…『ダイ・ハード』、『プレデター』、『ランボー』等々。しかし、狭い意味として扱われるようになったアクションというジャンルには本来はもっと普遍的な意味がある。ノア・ウェブスターの言ってた通り、アクションとは「なにかをする過程、あるいはしたという事実。大抵の場合はある目的を達成するため」という意味がある。映画製作者として一番重要だと考えていること、ないしあの時フリードキン監督から学んだこと、それは「大抵の場合はある目的を達成する」という点だ。我々にとって、目的とはゴールにたどり着くことであり、物語を伝えることであり、どう展開していくかということだ。

私たちの好きなアクションシーンの全てにおいて、作中のキャラクターには感情面における「目的」がある。個人的な利害関係というものだ。『フレンチ・コネクション』でもそうであるように、その目的というのは利己的であったり、不純な場合もあるが、目的であることには変わらない。その目的こそがアクションの原動力だ。偉大なるアクションシーンというものは全ての瞬間において、キャラクターが該当シーンの終わりまでに…そして最終的には映画の終わりまでに目的を達成できるか否かを描く独創的で繊細でスリリングな物語の連続だ。

『フレンチ・コネクション』内のカーチェイスでは、主人公のジミー・ドイルが自分を殺そうとた殺し屋を捕まえようとする。プロット上での目的は明確でシンプルだが、物語上の目的は複雑だ。ドイルは熱血刑事で連邦捜査官のビル・マルダリッグからひどく嫌われている。マルダリッグは、ドイルの無謀さが同僚警官の死を招いたと思っているからだ。この殺し屋を捕まえ、その上でニューヨークに密輸中の大量のヘロインを押収することで、これまでの汚名をすすぎ、自分が優れた刑事であることを証明するという暗黙の目的ドイルにはある。このカーチェイスシーンが画期的である理由は、目的を達成せんとするドイルの必死さだ。この必死さが、本作のアクションシーン全ての一瞬一瞬に組み込まれている。それこそが、本作を画期的な作品たらしめた理由だ。

私たちが初めて『ミッドナイトクロス』を観たのは1982年のことだった。クリーブランド東部の郊外、セブンイレブンとバーガーショップの間にひっそりと佇んでいた小さなビデオショップでレンタルしたんだ。ブライアン・デ・パルマ監督はサスペンスの名匠として称されているが、ウェブスターの定義に準じれば、彼は20世紀最高のアクション監督の候補にもなる。彼の描くキャラクターたちの目的は、具体的で尚且つ共感しやすいものばかりだ（そのキャラクターたちが目的を達成できないパターンが多いとはいえ）。そして、デ・パルマが映画監督として優れている点は、フリードキン同様、キャラクターの目的が絶えず妨げられるような長いシークエンスの創り出せるという点だ。独創的で詳細に描かれ、スリリングで考え抜かれた小さな物語の連続で構成された長いシークエンスだ。例えば、『ミッドナイトクロス』のクライマックスや、『アンタッチャブル』の階段のシーン、『ミッション:インポッシブル』の潜入シーン等々。

『キャプテン・アメリカ／ウィンター・ソルジャー』は、フリードキンやデ・パルマから多くの着想を得ている。キャラクターたちには生存や逃走といった明確な目的を与え、その目的を物語を通して複雑にしようと試みた。ニック・フューリーの弱点はその傲慢さで、スティーブ・ロジャースの弱点は疎外感だ。その上で、フリードキンやデ・パルマの手法を参考にし、キャラクターたちの目的が常に妨げられる危機にさらされるような小さな物語を盛り込んだ長いシークエンスを作ることを目指した。例えば、フューリーが車内で奇襲を受け、そのまま逃走するが、最終的にはウィンター・ソルジャーに行く手を阻まれるシークエンス、キャップがエレベーターの中で襲撃されるシークエンス、あるいはハイウェイ上でウィンター・ソルジャーにキャップ、サム、ナターシャが攻撃を受け、ナターシャを救うためにスティーブが旧友と直接対決せざるを得なくなるシークエンス等だ。

これらの長いシークエンスを詳細かつ独創的に描き続けることは、困難でありながら非常にやりがいのあるものだったよ。その上で、膨大な数の人間が協力し合う必要があった。その点に関しては、映画のどの細部においても同様だったよ。本作の脚本を仕上げるのに2年以上もかけた脚本のクリストファー・マルクスとスティーヴン・マクフィーリー。

MCUの創始者であるプロデューサーのケヴィン・ファイギ。

この業界で最高の人材であり、私たちが知る中で一番の人々であるエグゼクティブ・プロデューサーのルイス・デスポジートとヴィクトリア・アロンソ。

その卓越したセンスを我々と同じくらい映画の中に発揮している第三のルッソ兄弟、共同プロデューサーのネイト・ムーア。

ダイナミックなカメラさばきと鋭いライティングで脚本に命を吹き込んだ撮影監督のトレント・オパロック。

美しく洗練されたデザインで物語を豊かにし、物語の基盤を固めたプロダクションデザイナーのピーター・ウェナム。

その知性、芸術性、粘り強さ、そして豊富な知識を駆使して2,400もの特殊効果ショットを芸術作品へと昇華させた視覚効果スーパーバイザーのダン・デリーウ。

これまでに何度もMCUのビジュアルを形成し、MCUファンならきっと見覚えのあるコンセプトアートの数々を手がけてきたライアン・メイナーディング。

細部へのこだわりと構築への忠実さを持ってヒーローたちの衣装を見事に映像化してきたジュディアンナ・マコフスキー。

映画業界で「プロップの巨匠」として知られるラッセル・ポビット。

アクションシーンの魂ともいえる卓越したビジュアルストーリーテリングと斬新なアイデアを与えてくれた我が戦友たち、絵コンテ師のダリン・デンリンジャー、リチャード・ベネット、フェデリコ・ダレッサンドロ。

これでもまだまだリストのほんの一部に過ぎない。

映画業界においてよく勘違いされているのは、映画を撮るにあたって、監督が絶対的な力を持つ唯一の存在であるということだ。複雑で難解な人間同士のコラボレーションが1人の名前と顔に集約されるのは、メディアが作り上げた便利な神話だ。確かに、専門的な分野において広範な才能を持ち、自ら詳細に絵コンテを切ったり、セットや衣装をデザインしたり、音楽も手がけ、カメラを操作したり、セットを照明したり、編集までも手掛けたりできる特例的な監督なら、当てはまるかもしれない。しかし、15年間毎日兄弟で協力し合いながら仕事してきた我々にとっては、映画製作というものは非常に協力的な芸術だ。映画制作者の役割は、才能ある人々の集合体を効果的に管理し、それぞれの仕事を1つの統一されたビジョンにまとめ上げることだ。本書には、我々と共に『キャプテン・アメリカ／ウィンター・ソルジャー』を築き上げてきた才能ある人々の仕事が収められている。我々同様、楽しんでくれれば幸いだ。

アンソニー&ジョー・ルッソ
2014

序章

S.H.I.E.L.D.のエージェント、スティーブ・ロジャース

スティーブ・ロジャースは時代に取り残された男だ。『キャプテン・アメリカ／ザ・ファースト・アベンジャー』で後にした故郷のニューヨークは、自分の知るものとは全く違う姿をしていた。70年前、ヨーロッパで連合軍が枢軸軍と戦っていた最中に冷凍睡眠状態に陥り、現代まで眠っていたのだ。東西に分断されたベルリンも、ビートルズも、公民権運動、人類初の月面着陸、ウォーターゲート事件、『スター・ウォーズ』さえも、彼は知らない。

「キャプテン・アメリカは自分自身が何者かを探しているのよ。仕事に戻れてうれしいの？世界はここまで変わったのに？自分の居場所はどこにある？」そう語るのは、エグゼクティブ・プロデューサー兼VFX＆ポストプロダクションのEVPであるヴィクトリア・アロンソだ。

天才、スパイ、半神などが集うアベンジャーズの中でも、古き良き兵士であるスティーブ・ロジャースは一番普通に近い存在かもしれない。『アベンジャーズ』でソーの弟ロキが四次元キューブを利用して別銀河への扉を開き、異星人による侵略が始まった際、バラバラだったヒーローたちが一致団結し、共通の敵に立ち向かった。が、その後、アベンジャーズは解散し、事件の前に送っていた生活に戻って行った。

宇宙に核爆弾を投げ込んで自分の知る世界が一変してしまったトニー・スタークはマリブに戻り、新たなアイアンマン・アーマーを作り続けながら内なる悪魔と戦っていた。一方、ソーは別世界の戦場で戦いを続けていた。ハルクことブルース・バナーは再び姿を消し、放浪の旅に戻っていた。ブラック・ウィドウとホークアイは引き続きS.H.I.E.L.D.の下でスパイ活動を続けていた。

その頃、キャプテン・アメリカは唯一信頼できる機関の下に残っていた。『アベンジャーズ』での出来事から1年後、スティーブ・ロジャースはワシントンD.C.で、S.H.I.E.L.D.長官のニック・フューリーの下で働いていた。

「キャップは元いた1940年代に戻ることもできないので、この新たな時代ではS.H.I.E.L.Dと共にいることにしたんだ」と語るのは、プロデューサーのケヴィン・ファイギ。「とはいえ、そこで馴染めてるとも言えない」。

キャプテン・アメリカはS.H.I.E.L.D.での仕事に没頭し、兵士らしい一本道的な集中力も発揮しているが、その姿は今後の未来という厳しい問題から目を背けているようにも見える。

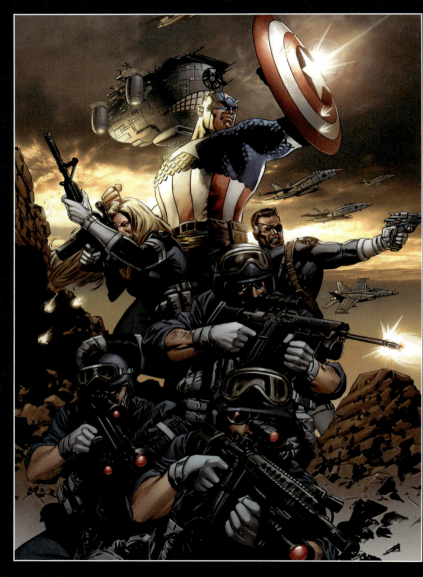

キャプテン・アメリカ、エージェント13、ニック・フューリー、そしてS.H.I.E.L.D.のエージェントたち：『Captain America (2005)』#9表紙より（画：スティーブ・エプティング、カラー：フランク・ダルマタ）

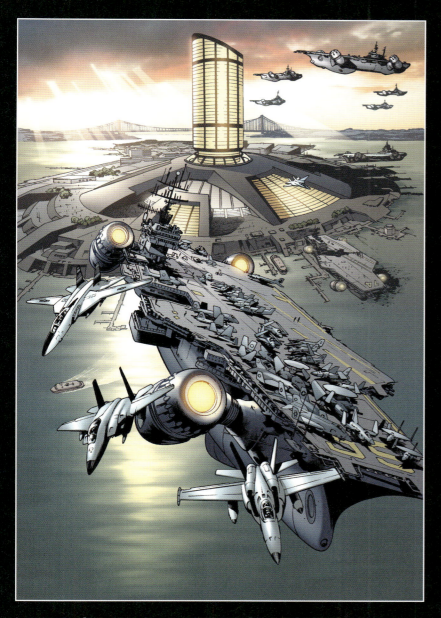

やがてスティーブは、自分のS.H.I.E.L.D.への忠誠心は間違っているのかもしれないと勘づく。キャプテン・アメリカは兵士であり、スパイではない。彼が戦うのは自由のため。しかし、ニック・フューリーとブラック・ウィドウが活動する世界の複雑さを理解すればするほど、自分の抱いていた自由像が、悪に明確な顔があったより単純な時代のものだと気づきはじめる。

「彼は第二次世界大戦の頃から引き抜かれ、文化的に混沌としている現代に放り出された人間だ」と、監督のジョー・ルッソは説明した。

監督のアンソニー・ルッソが解説を続ける。「彼は『連合軍対ナチス』しか知らなかったんだ。キャップが素晴らしいキャラクターである理由は、私たちと違って徐々に時代に馴染んできたわけではないからだ。汚されたことも、中途半端に妥協したこともない彼は、リアクションを引き出すのにもってこいの人物だよ」。

逆に、ニック・フューリーは道徳面での妥協を経験してきた人物だ。職務を全うするためなら手段は選ばないが、それも大義のためだ。しかし、S.H.I.E.L.D.の最新先制防衛計画「インサイト計画」は、最新のヘリキャリア3機と衛星を使って監視可能な一般人の範囲を広げるというものだ。これにより、スティーブ・ロジャースはS.H.I.E.L.D.が一線を越えてしまったのではないかと考える。『アベンジャーズ』でトニー・スタークが言った通り、「やつはスパイだ。秘密諜報員だぞ。なにか裏がある」。

S.H.I.E.L.D.のやり方は、キャプテン・アメリカが守ろうとしている自由そのものを侵害している。しかし、フューリーが暗殺未遂の標的になって初めて、キャプテン・アメリカはS.H.I.E.L.D.が内部から腐敗していることに気づく。今まではグレーなモラルで複雑に形成されていた組織が、明確に腐敗によって染め上げられていることが明らかになったのだ。自由のために戦うキャプテン・アメリカは、どうすれば見えない敵と戦えるのだろうか？自らのモラルのジレンマにより、陰謀と裏切りの糸の中に囚われてしまう。自由の守護者だった彼は、ブラック・ウィドウと共に陰謀の世界で追われる身となってしまう。

「キャプテン・アメリカ1作目は第二次世界大戦ものだった。本作はというと、『コンドル』や『パララックス・ビュー』、『大統領の陰謀』といった1970年代の政治スリラー映画を意識しつつ、現代的なアクション映画としても仕上がっているよ」と、ファイギは語った。

原作のコミックシリーズでは、キャプテン・アメリカは既にスパイスリラーの道を通っている。

ムーア曰く、「エド・ブルベイカーとスティーブ・エプティング両氏による素晴らしい作品には無論影響を受けているよ」。

脚本のエド・ブルベイカーは、スーパーヒーローもののコミックを執筆する前から犯罪もののコミックで知られていた。彼は、アーティストのスティーブ・エプティングと手を組み、2004年にキャプテン・アメリカを再始動させ、その後8年間に渡ってシリーズに携わってきた。

トリスケリオン:『The Ultimates 2 (2005)』#1より（ペンシル:ブライアン・ヒッチ、インク:ポール・ニアリー、カラー:ローラ・マーティン）

「私は、政治スリラーもののような緊張感ある作品を作りたかったんだ。ただし、FBIやテロリストの代わりにA.I.M.にヒドラ、キャプテン・アメリカやS.H.I.E.L.D.が出てくる作品だけどね」と、ブルベイカーは語った。「1960年代にジム・ステランコがニック・フューリーやキャプテン・アメリカにしたことを、現代のマーベル・ユニバースでもやりたかったんだ」。

脚本兼アーティストのジム・ステランコは、1960年代に起きたマーベル・コミックスのスタイルの進化に大きく貢献した人間だ。特にニック・フューリー、S.H.I.E.L.D.のエージェント、キャプテン・アメリカの作品では革新的なデザインや、緊張感あるスパイもののストーリーを組み込み、スティーブ・ロジャースが帰ってきたばかりのマーベルの世界に新たな風を吹き込んだ。ブルベイカーがキャプテン・アメリカの存在を知った当時は、「現代版」のキャプテン・アメリカが誕生してからまだ5年しか経っていない時だった。

「初めてキャプテン・アメリカとバッキーの存在を知った時、私はまだ3歳で、グアンタナモ湾の海軍基地で家族と共に住んでいたんだ。そこの基地のTVチャンネルでは、60年代後半に放映したマーベルのアニメが流れていたんだ。初めて観たエピソードはキャプテン・アメリカのオリジンもので、バッキーがテントに潜り込むと友達の正体がキャプテン・アメリカだったと知り、彼の相棒となるという内容だった。でも大戦末期にバッキーがバロン・ジモの爆発攻撃の餌食になるくだりはその頃から知ってたよ」と、ブルベイカーは説明した。

その5年後、ブルベイカー一家がサンディエゴに移住した際、ブルベイカーは人生で初めてコミック・コンベンションに参加し、キャプテン・アメリカの相棒バッキーの最期を描いた古いコミックを探したが、そんなものは存在しなかった。

マーベルの編集長スタン・リーは1964年にキャプテン・アメリカを現代版リップ・ヴァン・ウィンクル※として蘇らせ、更にスティーブ・ロジャースの物語に普遍的な悲劇の要素も加えた。ジョー・サイモンとジャック・カービーが1941年に誕生させた、ナチスと戦う愛国者キャプテン・アメリカでは、60年代との相性は悪い。しかし、時代に取り残され、自由と正義を求める心が当時の複雑な政治事情とぶつかり続ける男として描くなら完璧だ。

バッキーは過去に取り残され、後付け設定で物語から退場させられた。彼の最期は、キャプテン・アメリカが冷凍睡眠状態に入る前に見た最後の光景だ。23年前にスタン・リーがマーベルの一部として初めて手掛けた仕事は、バッキーが登場する2ページの短編だったが、現代においてはティーンエイジャーのサイドキックはもはや必要とされなくなっていた。

リーはキャプテン・アメリカの復活についてこう説明した。「目を覚ました時には、自分自身が前時代の遺物みたいな気分だっただろう。ウッドストック・フェスティバルとか、ヒッピーやドラッグ文化とかも理解できなかっただろうね。今いる現代文明にも上手く適応できずにいた。その上でいつものヴィランと戦わせたけど、ちょっとした人間味に、現代世界に適応するという個人的な問題も与えたことで、読者は彼に共感するようになったんだ。そんなわけで、キャプテン・アメリカは一二を争う人気キャラクターになったよ」。

※アメリカの短編小説。20年の眠りから目覚めて急激な時代の変化に直面する男を描いた、変化と時間の経過をテーマにした寓話

かつてキャプテン・アメリカであり、再びキャプテン・アメリカになる運命の男、スティーブ・ロジャース。『Steve Rogers: Super-Soldier (2010)』#1より(画:デール・イーグルシャム、カラー:アンディー・トロイ)

MCUの世界設定は、コミックのものとは異なる。映画の世界では、キャプテン・アメリカは目覚めてからまだ間もない。

「スティーブ・ロジャースが目覚めた瞬間から、コミックでも抱えてきた葛藤の数々を反映させているよ」と、ケヴィン・ファイギは語った。現代に蘇ったキャプテン・アメリカはジョン・F・ケネディ暗殺事件やウォーターゲート事件を間近で受け入れる必要はないが、『キャプテン・アメリカ/ウィンター・ソルジャー』では昔のコミックの空気感を大切にしている。

コミック世界のバッキーは何十年もの間死んでいたとされていたが、ブルベイカーは8歳の頃からバッキーを蘇らせることを夢見てきた。2005年についにその機会が訪れ、『キャプテン・アメリカ』シリーズの編集を担当していたトム・ブレブールトが、ブルベイカーとアーティストのスティーブ・エプティングにバッキーをウィンター・ソルジャーとして蘇らせる了承を与えた。

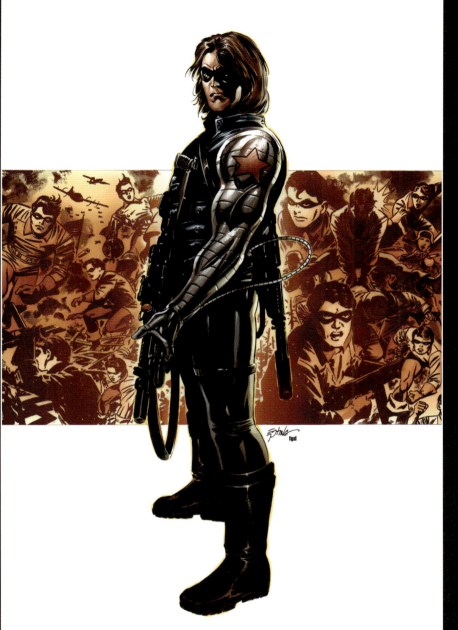

「スタンとジャックが描いていた当時のキャプテン・アメリカを尊重し、設定上に食い違いが生じないようにウィンター・ソルジャーを創り上げたんだ」と、ブルベイカーは語った。「スティーブ・ロジャースの親友が爆死するという悲劇を、親友が祖国の敵になったという両者にとっての更なる悲劇に置き換えたんだ」。

スティーブ・エプティングはこの10年前、当時人気で3年続いたコミック版『アベンジャーズ』で何百回とキャプテン・アメリカを描いてきたが、今の職務は1940年代の少年ヒーローを現代に蘇らせるというものだった。

エプティング曰く、「ウィンター・ソルジャーのデザインには具体的な要件が何点かあったよ。1つは、エドの描いた物語上でバッキーが失った片腕を、義手に入れ替えることだ。もう1つはドミノマスクだ。かつてのバッキーの恰好と視覚的な繋がりが欲しかったから、その中でもドミノマスクが一番分かりやすいと思って」。

エプティングは、バッキーがかつて着用していたダブルブレステッドのシャツと赤い星をロシアに結びつけ、彼らが海の中で凍っていたバッキーを見つけ、記憶喪失になっていたのをいいことにバッキーを暗殺者として洗脳、訓練した。任務の合間合間に冷凍睡眠状態に置かれていたため、何十年もの間に数歳しか年を取っておらず、スティーブ・ロジャースも元相棒だと認識できる程度にしか変化していない。エプティングは元々、ウィンター・ソルジャーにもバッキーの頃と同じ髪型をさせようとしていた。

「まだ初期段階の頃、キャラクターの外見にタフさが足りないとエド、トム・ブレブールト、編集長のジョー・カザーダ、そして私の全員が同意した。記憶が正しければ、ジョーがもっと髪を長くしてみたらと提案した気がする。そしたらウィンター・ソルジャーはよりタフに見えたし、なんなら悪そうな感じも出ていたし、マスクとの組み合わせで顔が十分隠れていたから、キャプテン・アメリカも面と向かうまではバッキーだと確信を持てないだろうと思った」。

コミックでも映画でも、ウィンター・ソルジャーの正体がかつての親友だと知った瞬間から、キャプテン・アメリカは思うように戦えず大きなハンデを負うことになる。

「バッキーは素晴らしい人間であり、スティーブの親友だった。そんな彼を死なせてしまったと、スティーブは責任を感じていたのさ」と語るのは、クリストファー・マルクスと共に本作の共同脚本を担当したスティーヴン・マクフィーリー。「と思ったらバッキーは生きていた上に、悪いヤツらの手下として自分を殺そうとしているときに。信頼をテーマにした作品内で、スティーブ・ロジャースに起こりうる最悪なことが起きてしまったわけだ」。

かつての相棒は驚異的な戦闘力を持っている上、スティーブ・ロジャース自身は友情と、バッキーが自分の意志で行動しているはずがないという勘によってハンデを負ってしまう。

「キャプテン・アメリカは本作でも時代に取り残された男だけど、本作で同じく重要な要素は友情よ」と、クリエイティブ・エグゼクティブのトリン・トランは語った。「大戦中に失っていたと思った親友が帰ってきた上に敵側についていると本作の中盤で気づくからね」。

本作では、スティーブ・ロジャースは新たな友情も形成していく。ブラック・ウィドウとは一緒に逃亡して隠れ、サム・ウィルソンは現代におけるスティーブの相棒だ。スティーブとナターシャは隠れるため、まず最初にS.H.I.E.L.D.の監視外にいる上に信頼できる存在としてサムの元を訪れることにする。

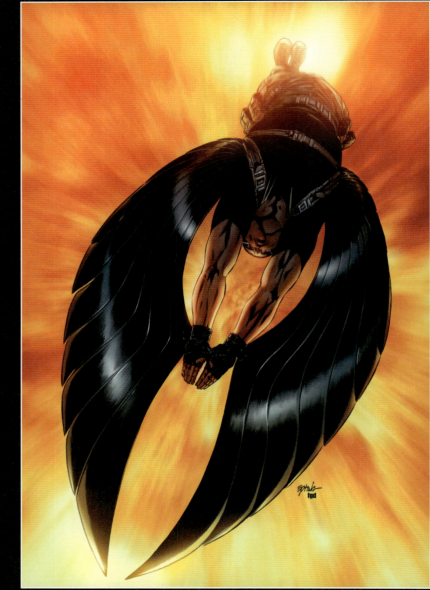

ファルコン:『Ultimate Nightmare (2004)』#4の表紙より(画:スティーブ・エプティング、カラー:フランク・ダルマタ)

ビジュアル・デベロップメント長であるライアン・メイナーディングは、1969年当時のコミックのファルコンと映画上でのファルコンのビジュアル上の違いについて語った。「ファルコンをあのまま近代化させるのは困難だ。ファンなら紅白の衣装とペットのハヤブサは欠かせないと思ってるだろうけど、残念ながらここにはいないね」。

映画上では、サム・ウィルソンはタイツと赤い羽の代わりにEXO-7ファルコンフライトスーツを装備しており、鳥にテレパシーできる能力もない。映画用に設定を変更されたサイドキャラクターは彼だけではない。ブロック・ラムロウとジョルジュ・バトロックもまた、原作とは大きく異なる姿でMCUに登場する。

ムーア曰く、「本来なら本作に居場所はなさそうなサブキャラクターやサブサブキャラクターに物語上の役割を与えることで、キャラクターとしての魅力も与えられるんだ。ラムロウが今後登場する可能性が低いのなら、ここで使ってしまわない手はない。本作の論理を崩すことなく原作へのリスペクトも示せる、楽しいやり方だよ」。

また、キャプテン・アメリカはニック・フューリーの下で働くS.H.I.E.L.D.の工作員、シャロン・カーターにも出会う。彼女の目的はスティーブ・ロジャースを守ることか？それとも監視することか？フューリーが関わる他の全て同様、ここもグレーだ。しかし、キャップとフューリーの関係は複雑なものではありながら、結局は同じチームの一員だ。

トラン曰く、「本作を通して、スティーブはフューリーとの関係性に苦戦するわ。スティーブは彼とは異なる視点を持っており、常に葛藤しているの。でも最終的には、スティーブは自身の目的をある意味達成するの。スティーブは現代世界におけるキャプテン・アメリカになったのよ」。

スティーブ・ロジャースは時代に取り残された男かもしてないが、その内に秘めた価値観は普遍的なものだ。彼の謙虚さや正義感といった特性こそが、アースキン博士が力強い兵士や悪漢の代わりに体重40kgしかない喘息持ちの青年を選んだ理由だろう。超人血清は肉体を強化することはできても、その精神まで変えることはできない。血清はスティーブが元々持っていた特性を増幅したに過ぎない。

キャプテン・アメリカは透過性と正義を信じる象徴であり、S.H.I.E.L.D.のやられる前にやる方向性や、ニック・フューリーの人々を守るためなら手段を選ばないやり方には賛同していない。彼の価値観が世界に合わせて進化することはないが、世界が彼に合わせて進化することはある。

左上から時計回り：ニック・フューリー（画：ブライアン・ヒッチ）、ブラック・ウィドウ（画：トム・コーカー&ダニエル・フリードマン）、シャロン・カーターとマリア・ヒル（画：マイク・パーキンス&フランク・ダルマタ）、ジャック・ロリンズ（画：ポール・ニアリー、キム・デムルダー&バーニー・ジェイ）、アレクサンダー・ピアース（画：ステファノ・カセッリ&サニー・ゴー）、バトロッ

第1章
荒波

キーフレーム：アンドリュー・キム

第1章　荒波

　インド洋の公海上で、秘密を抱えた船がハイジャックされた。S.H.I.E.L.D.のS.T.R.I.K.E.チームは、ジョルジュ・バトロック率いる海賊たちからレムリア・スター号と人質を奪還するため、パラシュートで夜空を降下することに。ステルスコスチュームを着用したキャプテン・アメリカが先陣を切った。ブラック・ウィドウとエージェント・ブロック・ラムロウが後に続く。
　共同プロデューサーのネイト・ムーア曰く、レムリア・スター号はデジタルではなく本物のセットだそうだ。「プロダクション・デザイナーのピーター・ウェナムとロケーション・マネージャーのジェームス・リンは、シー・ローンチ・コマンダー号という船を見つけてきたんだ。その船はロング・ビーチに停泊しており、年に4、5回出航して赤道付近から人工衛星を打ち上げていたんだ」と、彼は語った。
　「レムリア・スター号のシーンは、他のアクションシークエンスと比べたら小規模だが、それでも困難はつきものだった」と、ウェナムは話を続けた。「コンテナ船を確保するのはとても複雑で困難で高価だ。でも、限られた予算の中で映画のスケール感を保ち、強調することこそが私の目標の1つだった」。

　該当シーンは波止場で撮影され、ロング・ビーチ湾ではなく地平線をバックにし、後からVFXによる修正も加わえられた。
　ムーア曰く、「ちゃんと実物で撮影すると、映画に独特の質感を与えてくれるよね。本物の甲板に、本物の手すり、本物の船橋…目に見えている全てが本物だからね」。

レムリア・スター号

コンセプトアート：ジェームス・カーソン

レムリア・スター号そのものも、この船の上を舞台としたシーンに負けず劣らずスリリングだ。撮影セットは石油プラットフォーム似のロケット打ち上げ船と一般的な船の2隻から成り立っている。

「各衛星打ち上げには2隻の船が使われたよ」と、ピーター・ウェナムは説明。「衛星の最終チェックが終わると、全員がプラットフォームの方を離れてもう片方の船に移動するんだ。そしたら衛星から数マイル離れた場所まで航行してから、そこで初めて打ち上げられるんだ」。

当セットの外観デザインを担当したコンセプトアーティストのジェームス・カーソン曰く、「レムリア・スター号に関しては、2隻のロケット打ち上げ船を1つに統合したよ。そこにさらに、マーベルの世界観に相応しいようなディテールも追加した。ロケット打ち上げ船はどんな映画コンセプトにも負けないくらいぶっ飛んでいる…いや、ちゃんと実在する上に機能もしてる時点で勝ってるかもね」。

スティーブ・ロジャース/キャプテン・アメリカ

レムリア・スター号のシークエンスでキャプテン・アメリカが着ていたステルススーツのデザインを担当したのは、マーベル・スタジオのビジュアル開発部門最高責任者のライアン・メイナーディングだ。彼曰く、「スティーブが自らの意志では行かないような場所に放り込まれていることを、ルッソ兄弟は表現したがっていたんだ。星条旗カラーからは離れ、より戦闘向きなコスチュームを身に着けたりさせてね。愛国心を脇に置いているという明確な視覚的意味を持たせてるだけではなく、夜間任務や潜入工作といったキャプテン・アメリカらしくない仕事を受け入れていることも表現している。そんな彼は、S.H.I.E.L.D.の大義に尽くすという信念に同意しているからこそ、ここまでやっているんだ」。

コンセプトアート:ライアン・メイナーディング

メイナーディング曰く、「原作コミックでスティーブがこのコスチュームを着ていた時は、ちょうどバッキーがキャプテン・アメリカだった頃で、スティーブ・ロジャースはスーパーソルジャーとして知られていた時のだから、個人的にはスーパーソルジャースーツとして捉えているよ。みんなステルススーツって呼ぶんだけど、自分の中ではいつだってスーパーソルジャースーツさ。原作版のデザインを担当したのはマルコ・ジュルジェヴィッチで、天才的なリデザインだと思ってるよ」。

コンセプトアート：ライアン・メイナーディング

「ヘルメット部分のデザインは特に拘ったよ」と、メイナーディングは続けた。「『キャプテン・アメリカ／ザ・ファースト・アベンジャー』や『アベンジャーズ』版のヘルメットには目立った角はないが故に、頭の向いている方向が分かりづらいんだ。だからヘルメットと頭が可能な限りぴったりになるように試行錯誤してデザインしたんだ。そしたら、ヘルメットにカットラインが必要になって、翼の部分が開閉するようになっているんだ。今までのヘルメットはクリス・エヴァンスの頭を包み込むようにデザインされていたため、少しだけ大きめになっていたんだ。可能な限りクリスの頭にぴったりになるようなデザインを編み出し、おかげで今までで最高の見た目になったと思うよ」。

「クリス・エヴァンスにぴったり合うデザインに辿り着くまでに多大な時間をかけたよ」と語るのはヘルメットの生みの親、レガシー・エフェクツ所属のフィジカル・スーツ・エフェクト・スーパーバイザーのシェイン・マハンだ。「彼の顔にバランス良く合ってるよ。あれだけ格好よく仕上げるまでに、何回もの研究開発、彫刻、再彫刻、鋳造、テスト、フォトテストを経たんだ」。

第1章：荒波

メイナーディング曰く、「昔からのキャップのファンとして拘ったもう一つの部分は、耳をむき出しにしてる点だ。原作では昔から耳の見えているデザインをしていたから、自分にとってはキャプテン・アメリカには欠かせない点なんだ。例の翼がなくてもキャプテン・アメリカらしさを出したヘルメットを作るためには頭にぴったり密着させるだけではなく、耳をむき出しにさせるのが重要な点だったんだ」

ナターシャ・ロマノフ/ブラック・ウィドウ

第1章. 荒波

コンセプトアートを担当したアンディ・パークは、ブラック・ウィドウの外見デザインにおいて、新たな試みを行っていた。パーク曰く、「色の明暗だけでなく、光沢や素材にもツートンの見た目を取り入れてみたんだ。今までの衣装には一貫した素材が使われてきて、線はチューブや縫い目で表現されてきた。今作でのブラック・ウィドウの衣装では、素材の変わり目で線を表現したいと考えたんだ」。

25

衣装デザイナーのジュディアンナ・マコフスキーは、ブラック・ウィドウの衣装を機能的ながらも魅力的にすることを目指した。マコフスキー曰く、「今作のナターシャのストレートでシンプルな髪型と、スーツ上の線のおかげでセクシーなシルエットが出来上がったわ。伸縮性がありながらもプリント感のない布地を作ろうと試みたわ」。

エグゼクティブ・プロデューサー兼VFX&ポストプロダクションのEVPであるヴィクトリア・アロンソは、レムリア・スター号上でのブラック・ウィドウの役割を語った。「男性陣と肩を並べられるくらい素晴らしいシーンがあるのよ。アクションは男だけのものじゃないわ」。

「毎回マーベルから仕事を貰う度に、日常に存在する物からクールな物を創り上げるように試みているんだ」と笑いながら語るのは、プロパティ・マスターのラッセル・ボビットだ。「データドライブに関しては、S.H.I.E.L.D.の世界観と普通のUSBドライブを組み合わせたんだ」。

ブラック・ウィドウがデータドライブを迅速に操作できるよう、ボビットは取っ手が飛び出すスプリング式のボタンを追加した。

「格納可能な取っ手を付け加えることで本格的な印象を与えるんだ」と語るのは、コンセプトアーティストのジョン・イーヴスだ。「ラッセルは、銀色と黒色の2つのバリエーションを要求していた。それから最後の仕上げとして、側面に内蔵ライトも追加しておいたよ」。

データドライブのライトをちゃんと光らせるためには、綿密な計画が必要だった。ボビット曰く、「セットに置かれる物にちゃんと実際のUSBを差し込めるように、美術部署やプロダクションデザイナーとしっかり協力しなくちゃいけなかったんだ」。

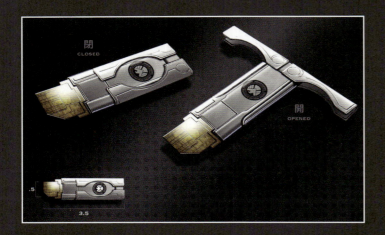

コンセプトアート:ジョン・イーヴス

ブラック・ウィドウの装備の1つが、ウィドウズ・バイト（発射式の小型ディスク）やグラップリングフックを発射できるハイテクなブレスレットだと、ボビットは説明した。「ブレスレットにはカットラインを追加したことで、CGの力によって好きなタイミングでもハッチを開けたりパネルをスライドさせたりして、ポストプロダクション時に監督が選んだ装置を取り出せるようにしてあるんだ」。

イーヴスは様々な発射機能を備えた複数のバージョンをデザインした。「ブレスレットには他にもチョーカー・ワイヤーを加えたよ。第1案ではワイヤーを引っ張るためのリングがあったんだ。見た目的には良かったんだけど、実際にブラック・ウィドウの手全体を通すには手間がかかってね。だから最終版では一部分のみリング状にして展開を簡単にしたんだ」と、イーヴスは語った。

ブロック・ラムロウ

イタリアのファッションデザイナーの家系に生まれたコスチューム・イラストレーターのクリスチャン・コルデッラは衣装デザイナーのジュディアンナ・マコフスキーと協力し、4ヶ月以上かけてラムロウのS.T.R.I.K.E.スーツをデザインした。彼曰く、「そこら辺で買えそうなものではなく、ちゃんとマーベル世界版SWATスーツを作りたかったんだ。数を減らしたり増やしたりして、ポケットの適切な数を模索したんだ。上にパラシュート装備をつけてるシーンがあるから、ラムロウの服が可能な限りスリムで動きやすいものにしたかった。今回の仕事のおかげで、自分でブランドを立ち上げられるくらいSWATの服装に詳しくなったよ」。

コスチュームイラスト：クリスチャン・コルデッラ

マコフスキーによれば、『キャプテン・アメリカ／ウィンター・ソルジャー』の衣装作りで一番の難関は布地製作だったと言う。マコフスキー曰く、「ケブラーやハイテクナイロンみたいな実在の布地みたいな見た目のものが欲しかったのよ。でもアクションが多いから伸縮性も必要だけど、プリントや伸び縮みしてる感じは出したくなくて、単純なテクスチャだけが欲しかったの。衣装カッターのデール・ウィベンとマリリン・マドセン、それからテーラーのデニス・キムの協力があってこそ、コスチュームが形になったわ」。

第1章：荒波

ジョルジュ・バトロック

海賊団のリーダー、ジョルジュ・バトロックはそこら辺の荒くれ者とはひと味違う。彼の率いる現代的な傭兵たちは、豊富な資金と最新鋭の装備を備えている。
コスチューム・イラストレーターのマリアーノ・ディアスがバトロックについて説明した。「首元までチャックのあるタイプのジャンパーと、総合格闘技で使われるようなグローブを着用させる案を、ジュディアンナ・マコフスキーが気に入ったんだ。原作でのバトロックは蹴りキャラだから、ブーツも与えたよ」。

コスチューム・イラスト：マリアーノ・ディアス

コンセプトアーティストのアンドリュー・キムもまた、バトロックのデザインに取り組んだ1人だ。キム曰く、「パルクールに長けているような、洗練されたタイプの海賊を目指したんだ。体にぴったりとフィットする衣装によって、彼の清潔感と纏まりの良さ、洗練さ、そして素早さを表現したんだ」。

コンセプトアート：アンドリュー・キム

コンセプトアート：ロドニー・フエンテベラ

原作版バトロックのデザインの本質も尊重したかったマコフスキー一行は、実在の海賊についても調査した。「本物の海賊はカジュアルなセーターやトラックスーツを着るのよ。トラックスーツを着させてリアル感を出しつつ、バーガンディとゴールドのラインで原作の衣装感も出して、その上で戦闘用装備も加えて現実的な機能性も与えたわ」。

レムリア・スター救助作戦

絵コンテ：ダリン・デンリンジャー

「監督たちはキャプテン・アメリカに新しい、効率的でスムーズなファイティングスタイルを与えたがっていたので、クラヴ・マガやパルクールのプロの映像を観て研究したよ」と語るのは、絵コンテ師のダリン・デンリンジャー。

「ここでの唯一の指示は、一番カッコいい方法でキャップをAからBへと移動させることで、可能性は無限大だった。その過程で、アニマティック・エディターのコーラル・ダレッサンドロと協力して当シークエンスを磨き上げたよ」。

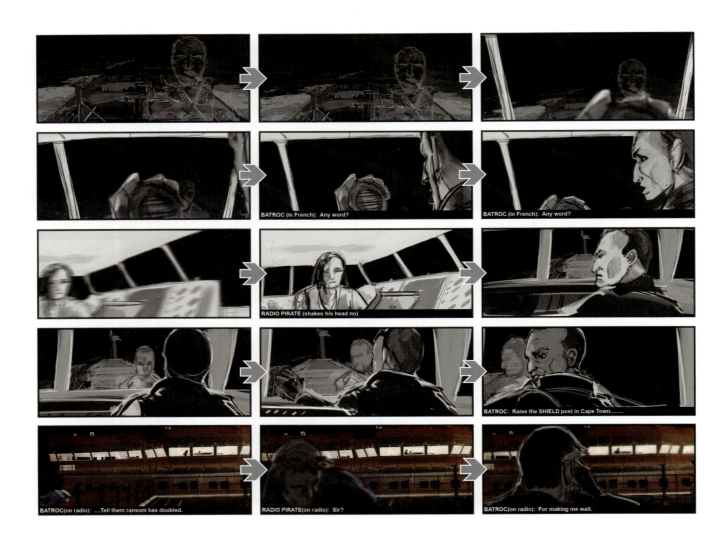

コーラル・ダレッサンドロは自身の仕事内容を説明した。「私の仕事は、音楽と効果音と一緒に絵コンテを編集し、他のアーティストと連携しながら完成した映画本編になるべく近づけることだわ。ここで重要だったのは、ダリンの素晴らしい仕事をより高めるためにシーン内の感動度とテンポを上げることだったわ。素早いカットを活用してエネルギーと緊張感を高め、混沌とした効果音と、最終的に音楽も入れて全てを結び付け、刺激的なシークエンスへと仕上げたわ」。

デンリンジャー曰く、「個人的には、アニマティックは絵コンテのシークエンスを提示するのに最善の方法だと思っている。ただ紙に描かれただけでは把握しきれないタイミングや、キャラクターの動作把握、振付をコントロールすることができる。コーラルが効果音と音楽で魔法をかけると、最終的に映像になるシークエンスがより正確に、エキサイティングに読み取れるようになるんだ。マーベルの下で仕事する利点の1つは、絵コンテ師や、アニマティックスを重要視してくれることだ」。

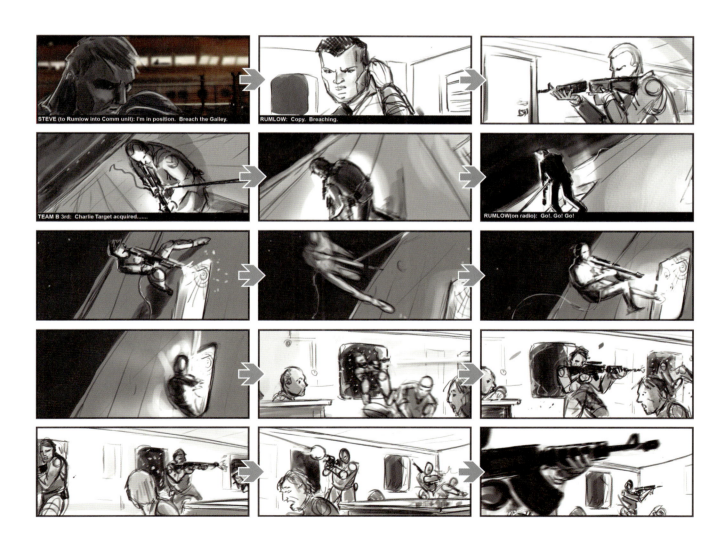

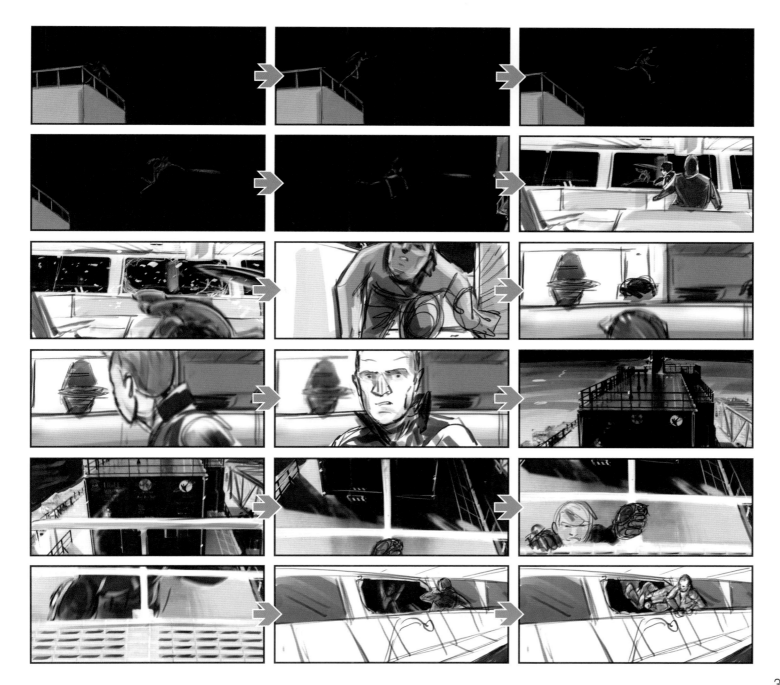

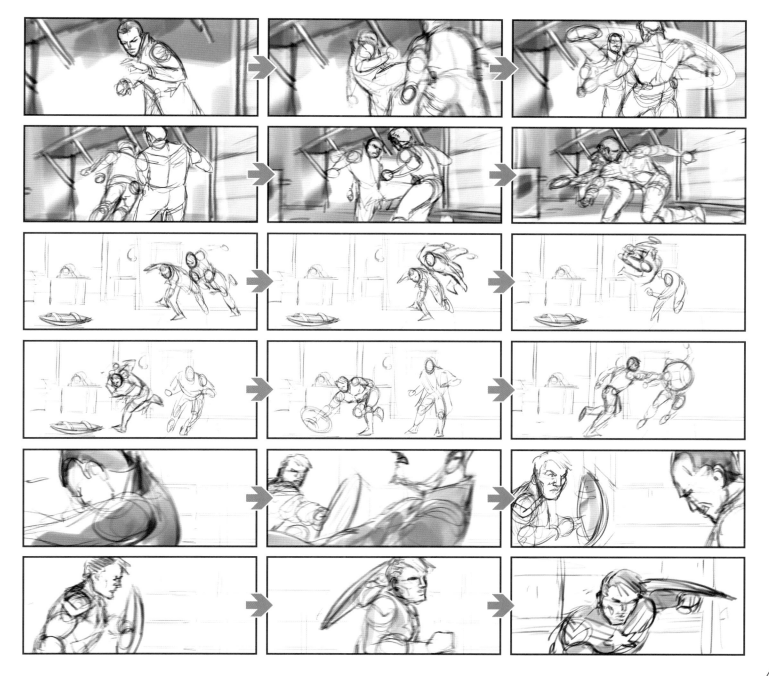

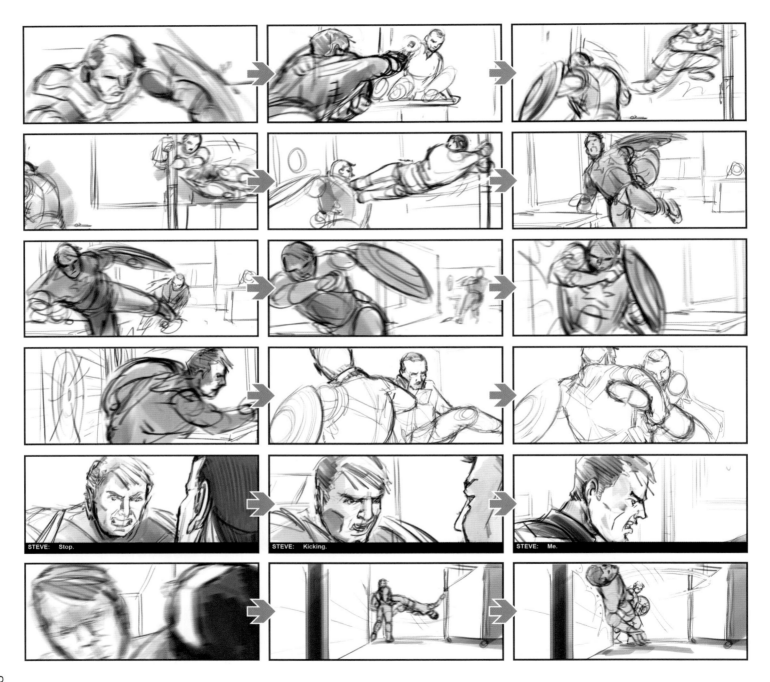

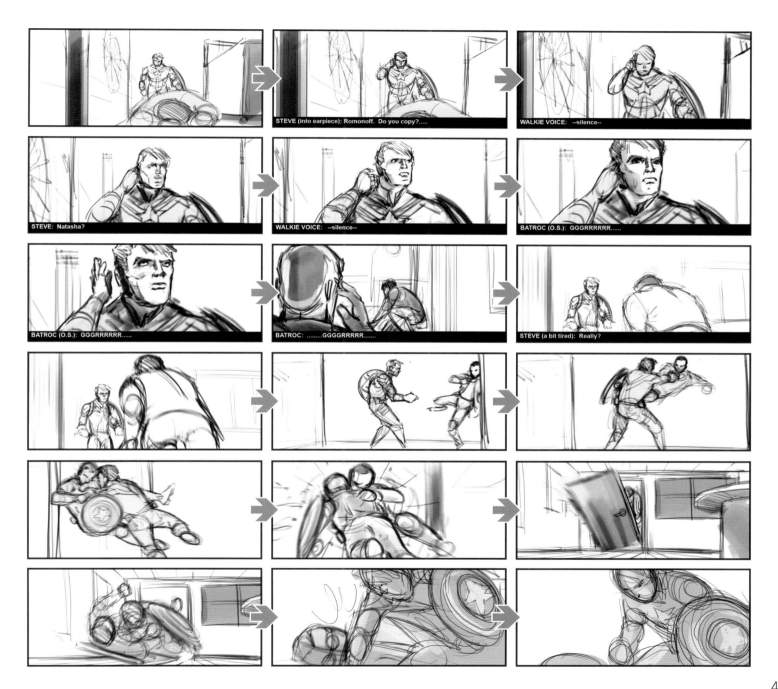

「キャップが悪党を破城槌代わりに使ってドアを突き破るんだ」と、コンセプトアーティストのロブ・マッキノンが説明した。「荒々しい突入が済むと、既に中でコンピューターから情報を集めているブラック・ウィドウがいることにキャップは驚くんだ」

レムリア・スター号は見かけ通りではなかった。スティーブ・ロジャースは、自身が理解できていない陰謀の世界に住んでいる。戦友たちは独自のルールの下、グレーゾーンで生きている。

ヴィクトリア・アロンソが当シーン内でのブラック・ウィドウの役割を説明。「キャップはここで、ブラック・ウィドウについて重要な情報を学ぶのよ。衝撃の真実って感じのシーンだわ」。

スティーブは、自身に隠れてナターシャが行動していることに気づく。クリエイティブ・エグゼクティブのトリン・トラン曰く、「ブラック・ウィドウは、ニック・フューリーから個別の任務を渡されているの。他の皆は、キャプテン・アメリカみたいに真っすぐではないわ」。

キーフレーム：ロブ・マッキノン

キーフレーム:ライアン・メイナーディング

第2章: 時代に取り残された男

第2章
時代に取り残された男

　キャプテン・アメリカは第二次世界大戦時の最高の英雄だ。今、生ける伝説は己の過去という名の影の中に立ち、現代を漂流している。彼はスミソニアン国立航空宇宙博物館にある自身の記念碑を訪れた。正体を隠しながら今は亡き戦友たちの壁画を眺めながら、自由と恐怖の境界線、物事がシンプルだった過去、そしてS.H.I.E.L.D.との未来について考えていた。
　「キャップという人間や、彼とバッキーとの関係性にとっては、とても繊細で感動的な瞬間だよ」と、プロダクションデザイナーのピーター・ウェナムは語った。「記念碑を形にできて光栄だったけど、映像として映る時間が短いが故の制約もあったよ。このシーンはキャップ自身にとっても、スミソニアン博物館が舞台という点においても重大なシーンなんだ。重大さを維持することを大切にしたよ」。

　共同プロデューサーのネイト・ムーア曰く、「ここでキャップは再び過去と繋がることができるんだ。1940年代に友人だった人たちは、1人を除いて全員亡くなっている…少なくとも、彼はそう思っている。だから悲しい瞬間だね」。

キャプテン・アメリカ記念碑

「壁画はユニークな挑戦で、描くのに莫大な時間がかかったよ」と、マーベルのビジュアル・デベロップメント長、ライアン・メイナーディングは語った。「超巨大な印刷で、ここまで大きく印刷される前で絵を描いたことなんてなかったからね。ハウリング・コマンドーズが描かれているのは縦幅約7.5メートル、横幅約18メートルの大きさで印刷されて、前には衣装を着たマネキンがずらりと並べてある。この展示は実在してて、クリーブランドにある博物館で作られたんだ」。

壁画には、感情に強く訴えかけるような存在感があるとメイナーディングは説明した。「このシーンはバッキーの初登場シーンでもあるんだ。壁画を描くにあたって、キャップとバッキーが一緒になってる場面を可能な限り詰め込んだよ。一緒に走ってたり、一緒に笑い合ってたりしている場面を描いて、2人の関係性を強調しているんだ」。

キーフレーム：ライアン・メイナーディング

第2章：時代に取り残された男

プロデューサーのケヴィン・ファイギは、スミソニアン博物館の思い出を振り返った。「ニュージャージー州で育った私は、遠足や、父との旅行でよくワシントンD.C.に足を運び、そこのスミソニアン博物館に行くこともあったよ。特に国立航空宇宙博物館は、幼少期の大事な思い出。そこで歴史のセンスを培っただけではなく、物語の描き方も、歴史に似てるが故に学べたよ。だからこそスミソニアン博物館に許可を得て撮影させてもらえたことは、少年時代の夢、あるいはクリエイターとしての夢が叶ったようなものであり、両親と旅行した思い出を再体験するようなものでもあったんだ」。

ピーター・ウェナムは、当シーンへのアプローチ方法を次のように説明した。「実際の場所で1日だけでもいいから（本当に1日だけで十分な時もあるけど）撮影することや、実在の人間を実在の場所に置くことは限りなく重要なんだ。その全ての要素が繋がることで、本物のワシントンD.C.の幻を作り上げることができるんだ。スミソニアン博物館での撮影は、交渉した結果、営業時間外に1ショット分だけ撮影させてもらえたよ。ただ、本物のスミソニアン博物館で撮ったその1ショットのおかげで、スミソニアン博物館内にあるキャップの記念碑という創作物の信憑性がぐんと上がるからこそ、凄まじく重要なんだ」。

キーフレーム：ライアン・メイナーディング

第2章：時代に取り残された男

　ウェナムはこう続けた。「最終的には新しく開館したばかりの自動車博物館内にセットを構築したんだけど、既存の展示品を全て撤去する必要があったから、慎重にアプローチしたよ。でも実際は、この過程でやったことと言えば、既存の環境の中に自分の環境を作ったことだけだ。ここまでしておいて物理的に得たものと言えば、黒い天井と数点のスポットライトくらいさ。映画内でのスミソニアン博物館のシーンは全て、この博物館内での話だ。キャップの描かれた巨大な壁や背後の旗、そしてキャップを背景に並ぶ英雄のマネキンたちは、全て既存のスペースの上に構築した我々独自のセットさ。ただのステージを使えばよかったのにという意見もあるとは思うが、ステージだったらうまくいかなかっただろうというのが現実だ。既存の建造物や、その中にある天井を活用することでこそ、本物の展示品を前にしている気持ちを得られるんだ」。

　ケヴィン・ファイギにとっては、スミソニアン博物館内での撮影は長年の夢だった。ファイギ曰く、「キャップを現代に連れてきたら、スミソニアン博物館に行かせて自分自身の過去の遺産と向き合わせたいと、マーベルの下で仕事を始めて以来ずっと考えてたんだ。自分が子供だった頃、スミソニアン博物館の中を歩き回りながら、宇宙飛行士や第二次世界大戦を戦った兵士たちがこの場で自分自身の展示を見たらどう思うんだろうかって、考えていたんだ。ここで描かれている過去は正確なのかどうか、とかね。昔から面白そうだと思ってたんだ。そして博物館で自分自身の展示を見れるようなキャラクターなんて、マーベルじゃキャップくらいしかいないからね」。

キーフレーム:ライアン・メイナーディング

セットデザイナーのデイヴィッド・モローは、展示の3Dモデルを制作した。モロー曰く、「ライアン・メイナーディングが、ハウリング・コマンドーズの展示の初期コンセプトアートを2種類用意してくれたんだ。片方はダイナミックなアクション重視タイプで、もう片方はより思慮深いタイプだ。該当シーンの物悲しい雰囲気に合わせるために後者のコンセプトアートを採用したよ。ハウリング・コマンドーズの展示の最後の方には、キャプテン・アメリカと、彼が現代のアメリカ合衆国にとってなにを意味するかの展示スペースを作ったんだ。本作の70年代のスリラー映画に似た悲観的なトーンと対比になるように、ノスタルジックな要素を強調したよ。本作のキャプテン・アメリカは、70年代のスリラー映画の中にいる第二次世界大戦の英雄だ。試練に立ち向かう前に己のルーツと向き合う必要がある。この展示は、そこの対比を強調するようにデザインされてるんだ」。

3Dレンダリング：デイヴィッド・モロー

第2章：時代に取り残された男

モローは話を続けた。「この展示は、過去を振り返ってキャップに必要な力を見つけるための場だ。物語内において、キャップが自分自身と向き合う重苦しい場面さ。展示は自分自身と向き合うためだけの場ではなく、S.H.I.E.L.D.に幻滅する前の過去に戻って自分を見つけるための場でもあるんだ。円形の設計のおかげで、戦う力を見つけるために過去に戻っている感じが強調されているんだ」。

キーフレーム:ライアン・メイナーディング
没となった第二次世界大戦時の回想シーン

第2章：時代に取り残された男

「元々、本作は第二次世界大戦が舞台のシーンで始まる予定だった」と、ファイギは説明した。「初期段階の脚本にも書かれてあって、コンセプトアートまで描いたよ。キャップが過去の人物であることや、バッキーというキャラクター、現代の世界との差異を観客に伝えるためのシーンだったんだ。製作前、試行錯誤している間に、スミソニアン博物館でのシーンが既にその役割を担っていることに気づき、最初から観客とキャップを現代に放り込むのが最善との結論に至ったよ。

第二次世界大戦で体験してきたことは、サムやペギーとの会話や、スミソニアン博物館内でのシーン経由で語ればいいとも思ったからこそ、最終的にはライアン・メイナーディングの描いた第二次世界大戦中のシーンは没になったんだ」。

キーフレーム:ライアン・メイナーディング
没となった第二次世界大戦時の回想シーン

キャプテン・アメリカ

第2章：時代に取り残された男

一部の撮影用プロップは前作から流用されたが、キャプテン・アメリカの衣装は例外だ。当初のライアン・メイナーディングの目的は、スーツの外観はそのままにし、技術的な問題を解決したり、機能性を向上させることのみだった。しかし、キャプテン・アメリカが第二次世界大戦中に複数のスーツを持っていた可能性を、プロデューサーのケヴィン・ファイギが示唆する。
「ケヴィンによれば我々は、第二次世界大戦中にキャップが出向いた任務の一部しか目撃していないと言うんだ」と、メイナーディングは説明した。「全貌を見られていないのさ。別種のスーツや、自らの手でアップデートしたスーツだってあったかもしれない」。

コンセプトアート：ライアン・メイナーディング

コンセプトアート:ライアン・メイナーディング

メイナーディングは話を続けた。「スティーブ・ロジャースがスミソニアン博物館で手に入れたスーツは第二次世界大戦で着用したものを象徴してはいるが、彼が実際に着ていたものは氷漬けになる段階で修復不可能なほど損傷してしまったんだと思う。記念碑内の物悲しい場所にあるとはいえど、展示されているスーツはアメリカ合衆国や第二次世界大戦の理想的なイメージを反映していると同時に、星条旗カラーで単純明快な愛国心も象徴している。本作がマーベル映画の中でも比較的現実寄りなスーパーヒーロー映画とはいえ、第二次世界大戦時代のスーツに少しだけスーパーヒーロー感を加えたことによって、いいデザインに落ち着いたと思う」。

第3章：時代に取り残された男

第3章
陰謀の糸

　ポトマック川沿いにそびえ立つトリスケリオンは、政府と司法の中心であるワシントンD.C.を見下ろすように威圧的に構えている。S.H.I.E.L.D.の本部であるこの建物は、作戦任務や先端技術のみならず、極秘の手法や機密事項がもたらす道徳的な曖昧さを孕んだ場所でもある。情報収集には重い代償が伴う…時には重すぎる代償を払うことも。この欺瞞の島では、見たものが全てとは限らない。

　コミック版マーベル・ユニバースでは、トリスケリオンはニューヨークに存在する。しかし、映画版はバージニア州アーリントン郡とジョージタウンの間に位置する国立公園局の土地、セオドア・ルーズベルト島に設定されている。この場所は、スティーブ・ロジャースが少年だった頃から公園として存在している。

　「トリスケリオンこそ架空の建造物だが、建っている場所は実在する土地にしたかったんだ」と、共同プロデューサーのネイト・ムーアは説明。

　コミック版のトリスケリオンは三叉型の建物だが、細長いセオドア・ルーズベルト島上では無理のある形状だ。

　「私とルッソ監督兄弟にとって重要だったのは、映画内の全てを現実に基づかせ、リアル感を出すということだ。あれだけ大きな建造物でもセオドア・ルーズベルト島に実在できると信じ込ませる、とかね」と、プロダクションデザイナーのピーター・ウェナムは語った。

　「トリスケリオンは、島を横切る既存の橋にまたがるような形で設計されたよ。それ以外にも、トリスケリオンを象徴するなにかを取り入れることも私にとっては重要だった。映画本編でメインのタワーを上から映すシーンがあるんだけど、そこで円形でありながら三つに別れた側面によってトリスケリオン（三脚巴）の形を形成していることが分かるんだ」。

トリスケリオン

「トリスケリオンは、政府建築物のような見た目にしつつ、閉鎖的で要塞のような雰囲気も持たせたかったんだ」と語るのは、セットデザイナーのデイヴィッド・モローだ。「ピーター・ウェナム、コンセプトアーティストのジェームズ・カーソン、私の3人は、中央タワーのデザインを何パターンも編み出し、一番物語性のある形を模索したよ。正面には窓がほとんどなく、窓の大半はトリスケリオン内部を向いている。S.H.I.E.L.D.は手の内を全くもって明かさない組織だ。トリスケリオンは迷路のように複雑で秘密の詰まった建物だ。また、規模の把握し辛い建物でもある。その巨大さを分かりやすくするために比較対象を何点か含めたよ」。

第3章：時代に取り残された男

ウェナムが担当したS.H.I.E.L.D.の過剰な権限を暗示するトリスケリオンのコンセプトデザインは、カーソン、モロー、そしてスーパーバイジング・アートディレクターのトム・ヴァレンタインの3人によって練り上げられた。カーソン曰く、「初期段階時に、ブルータリズムやナチス建築様式を取り入れてみたらどうだとピーターに言われたよ。我々が目指していた外観にぴったりな建築様式だったからね。トリスケリオンは、いい協力体制がいかにいい物を生みだせるかを体現しているよ。仕上がりにはとても満足しているね」。

「クリーブランドに再オープンした博物館があるんだ。その中にある美しい巨大アトリウムこそが映画本編に登場するアトリウムなんだ。デザインのベースにできる実在の場所を手に入れたピーターは、そのアトリウムを基盤にトリスケリオン全体をデザインしたんだ」と、ネイト・ムーアは語った。

コンセプトアート：ジェームス・カーソン

第3章：時代に取り残された男

ムーア曰く、「ペンタゴンほど顕著に古めかしい感じにしないために、トリスケリオンはペンタゴンと現代建築を融合させたような建物にしたよ。ワシントンD.C.の法律上の高さ制限を破ってるからD.C.のどの建物よりも高く、一番突き抜けてるんだ。それでもワシントンD.C.という都市の一部だ。石材や質感などで合衆国議会議事堂やスミソニアン博物館等の建造物と同類のような感じを出しているんだ。他の建造物と比較して新しくてクールでモダンだけどね」。

カーソンは、入口周辺もトリスケリオン全体と一致するデザインにするよう、頼まれていた。「入口部分のイラストは、該当シーンが撮影される予定だったロケ地に基づいてるよ」と、カーソンは説明した。

ヘリキャリア・ベイ

「初期段階での構想では、ヘリキャリアを5機登場させる予定だった」と、ピーター・ウェナムは語った。「ヘリキャリアの巨大さを知ってる人なら、セオドア・ルーズベルト島なんかに5機も収容するなんて無理がある、と思ったことでしょう。そこで私は、ヘリキャリアの格納庫がポトマック川の地下に存在するという設定にし、水門が開いて洪水防止ゲートも展開され、扉が内側に開くと地下格納庫に続くという仕組みにしたんだ。ただし、それでも大きすぎたため、最終的には3機に減らしたよ」。

これまでに登場したヘリキャリアの数は1機だったため、ヘリキャリア3機は過去最多の数だ。エグゼクティブ・プロデューサー兼VFX&ポストプロダクションのEVPであるヴィクトリア・アロンソは、ヘリキャリアを増やす際の課題について説明した。「子供を育てるなら2人よりも3人のほうが大変かって？ それぞれ違う個性があるよね。1機できたからって、3機もできるの？ もちろん。でも、シーンによってはより複雑になるし、それぞれをしっかり見せるのは難しくなるわ。3機とも登場させることはできるけど、子どもと同じで、全員を同じように愛していても、特別なケアが必要な子もいるの。新鮮さと斬新さを保つことよ」。

コンセプトアート：ジェイミー・ラマ

第3章：時代に取り残された男

ニック・フューリーのオフィス

「フューリーの地位を象徴しつつ建物の巨大さも分かる、絶景が眺められるオフィスが彼には相応しいと思ったんだ」と、ピーター・ウェナムは語った。「フューリーはこの巨大な組織の責任者だからね。最終的に、セットの壮大感を持たせたのは、トリスケリオンの存在の偉大さを伝えるためだ」。

コンセプトアート:ジェイミー・ラマ(ニック・フューリーのみ:アンディ・パーク)

司令室

ピーター・ウェナム曰く、「トリスケリオンは構造自体が超巨大だ。地形の制約がある中で、建物内にこれほど多くの要素を詰め込むのは課題だった。映画本編に登場するもの以外にも、数多くの側面が存在してたんだ」。

第3章：時代に取り残された男

コンセプトアート：ジェイミー・ラマ

世界安全保障委員会

第3章：時代に取り残された男

コンセプトアート：ジェイミー・ラマ

別館通信室

　ピーター・ウェナム曰く、「島の端に弧を描く形で建っているトリスケリオンの先端部分には通信施設がある。キャップが内部通信を制御した場所だ。建物の主要部分からこの施設を隔離する必要があったから、端っこに配置したんだ。ローカルテレビ局とかのアンテナがズラッと並んでいるのに似てて、現実味があるよね。この施設が実在するものだと信じられることが重要なんだ」。

コンセプトアート：ジェイミー・ラマ

第3章：時代に取り残された男

クインジェット離着陸場

「ヘリキャリアの格納庫にクインジェット用の着陸場を組み込みたいと考えていたので、上にアスファルトで舗装した部分を加えたんだ」と、ピーター・ウェナムは語った。「現実の軍用空港でもよく見るけど、クインジェットの降り立った着陸場も油圧式機能によって下にあるヘリキャリア格納庫内へと降下できるんだ。全て、ちゃんと論理に基づいているのさ」。

コンセプトアート:ティム・フラッタリー

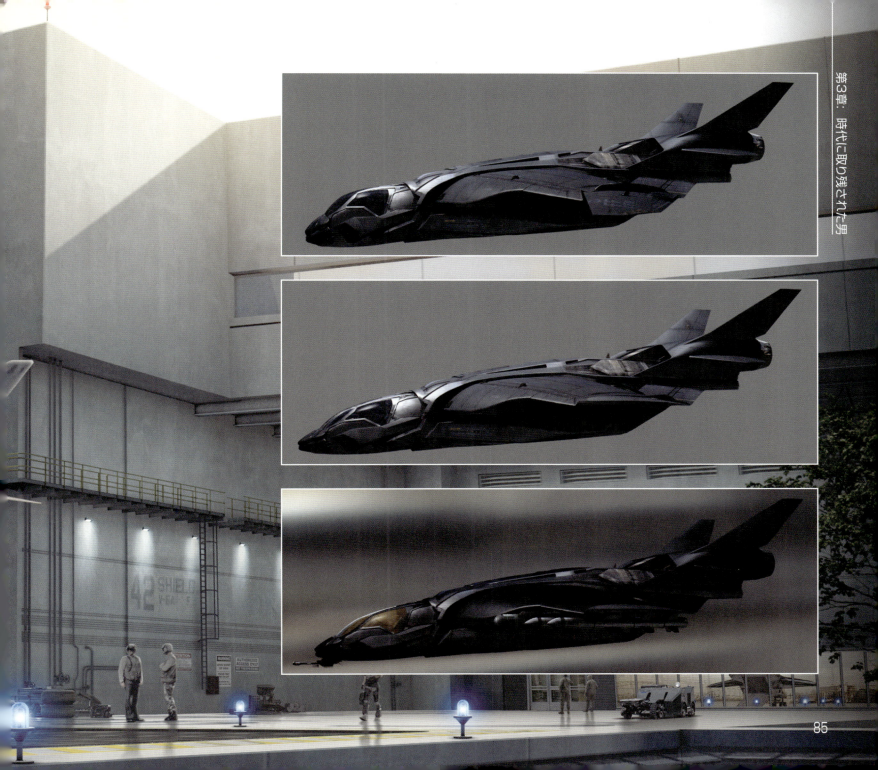

インサイト・ヘリキャリア

デジタルモデル：インダストリアル・ライト＆マジック社

第3章：時代に取り残された男

ヘリキャリア内監視ドーム

コンセプトアート：ジェイミー・ラマ

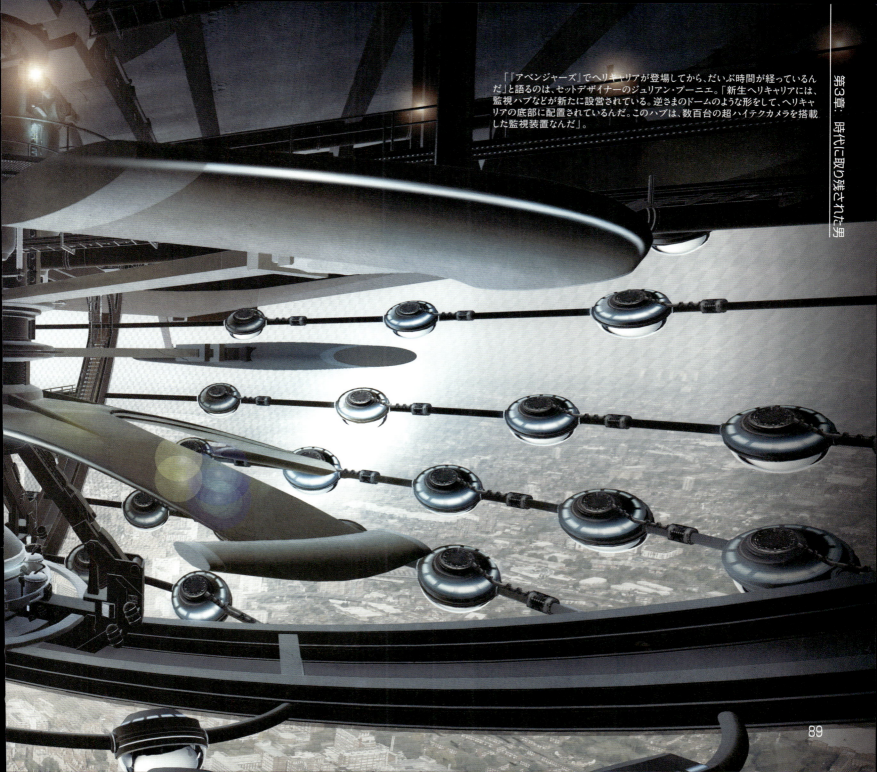

第3章：時代に取り残された男

「『アベンジャーズ』でヘリキャリアが登場してから、だいぶ時間が経っているんだ」と語るのは、セットデザイナーのジュリアン・プーニエ。「新生ヘリキャリアには、監視ハブなどが新たに設営されている。逆さまのドームのような形をして、ヘリキャリアの底部に配置されているんだ。このハブは、数百台の超ハイテクカメラを搭載した監視装置なんだ」。

これらのカメラは強力な道具だが、世界中の情報を収集するためにS.H.I.E.L.D.はやりすぎてしまったのだろうか？
ピーター・ウェナムは曰く、「世界中のどこにいようと、切手くらい小さな物だろうと、特定できてしまうんだ。『1984年』のビッグ・ブラザーやGoogle Earthに、なんでも見つけられるカメラを与えたようなイメージさ」。

第3章：時代に取り残された男

コンセプトアート：
デイヴィッド・モロー

ニック・フューリー

「ニック・フューリーの衣装はS.H.I.E.L.D.の軍事的な側面を表現しているよ」と、ビジュアル・デベロップメント部門最高責任者のライアン・メイナーディングは語った。「世界を守るためにやりすぎてしまう一面を表現するために、意図的にファシスト的な見た目に少しだけしているんだ」。

コスチューム・イラストレーターのクリスチャン・コルデッラは、ニック・フューリーの衣装について次のように説明した。「衣装デザイナーのジュディアンナ・マコフスキーと私は絶妙なバランスに辿り着くまで、様々なバリエーションの色や革素材、縫い目のパターン、ポケットの位置などを考慮したよ。控え目ながら、面白いくらいには情報量のあるデザインになっているよ。こういうキャラクターにとって重要なのはシルエットだ。シルエットによって衣装デザインの価値が決まるのさ」。

コンセプトイラスト：クリスチャン・コルデッラ

エグゼクティブ・プロデューサーのルイス・デスポジートは、フューリーの見た目について簡潔に述べた。「サミュエル・L・ジャクソンはかっこいいの化身だから、なにをやろうと、誰を演じようと、かっこよくなるのは必然だね」。

第3章：時代に取り残された男

マコフスキーは、ニック・フューリーにエレガントさを持たせたいと考えていた。彼女曰く、「ニック・フューリーは、いつでも最高級の仕立て屋の服を着ているという設定にしたわ。実際、ハリウッド最高の仕立て屋、デニス・キムの衣装を着ているもの。彼の着るコートは、流行のトレンチコートみたいに現実的な形をしているわ。私はレザーを使いたくなかったし、サミュエル・L・ジャクソンも風によくなびく素材がいいと言ってたので、美しい軽量ウールをメインに、一部には光沢のあるデニムも使ったわ。トレードマークになってるタートルネックのセーターもそのまま着させたわ」。

フューリーのSUV

プロパティ・マスターのラッセル・ボビットは、ニック・フューリーの装甲SUVをS.H.I.E.L.D.の長官に相応しい車に改造した過程を説明する。「センターコンソールから小型の機関銃が出てくるという案をルッソ監督兄弟が出したんだ。銃の準備は簡単だったけど、センターコンソールの方は手間取ったよ。実際のセンターコンソールのサイズを測ったところ、銃を収めるにはあまりにも小さいと分かって、設計を一からやり直したね」。

コンセプトアート：ティム・フラッタリー

ボビットは続けて語った。「ゴムやプラスチックは一切使わず、全て本物の素材で作ったんだ。このたった一丁の特製機関銃の製作費は約65,000ドルなんだ。だから作れたのは一丁だけ。ちゃんと上手く出来上がったのは、プロップ部門の人間として誇らしいよ」。

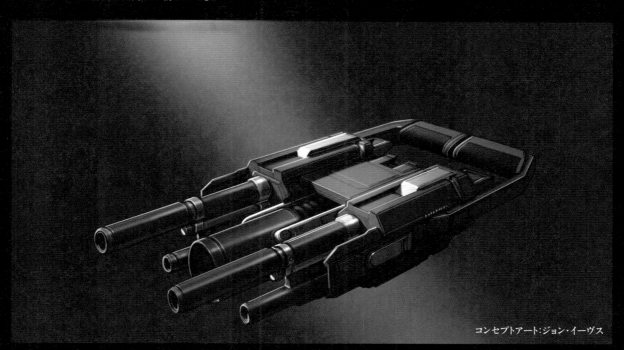

コンセプトアート：ジョン・イーヴス

フューリーのカーチェイス

絵コンテ:ダリン・デンリンジャー

　ニック・フューリーは、秘密裏にワシントンD.C.に来る指令をマリア・ヒルに下した直後、警察官に扮した敵の襲撃を受ける。
　「この大きなアクションシークエンスの開幕部分となる小規模なシーンは、セカンドユニットのスパイロ・ラザトスのチームが見事にまとめてくれたんだ」と、絵コンテ師のダリン・デンリンジャーが語った。「派手なアクションへと瞬時に切り替わる前の、キャラクターを中心とした静かなシーンの作成に関われるのはいいものだ。映画のお約束となっている『Tボーンクラッシュ（車が別の車の真横から衝突する様）』を、いかに新しく表現するかが個人的な課題だった。

運転手の奥の方から車が衝突してくるのを助手席視点で映すシーンは、まだ新鮮だった頃は効果的だっただろうけど、今じゃ驚く観客はあまりいないだろうからね」。

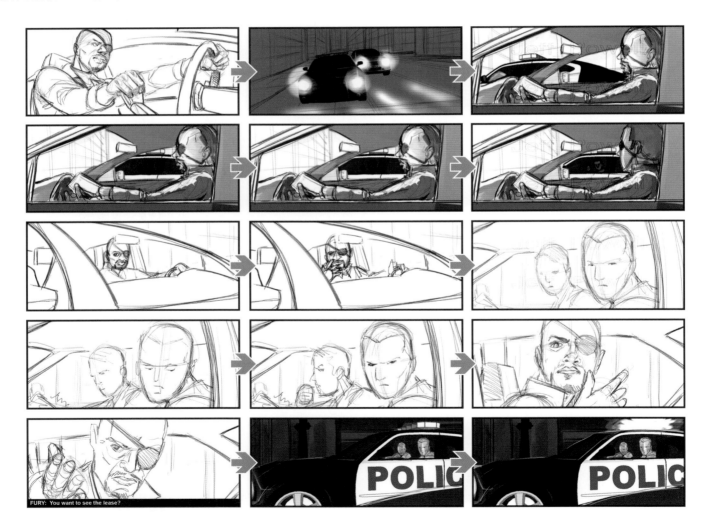

第3章：時代に取り残された男

「原作コミックでは、S.H.I.E.L.D.の車両は飛行もできることで有名だ。フューリーの乗るSUVの飛行システムがオフラインだと分かるシーンで、映画でもその機能をオマージュできたよ」と、プロデューサーのケヴィン・ファイギは語った。

キーフレーム:ロブ・マッキノン
プロダクションスチール(左上)

第3章：時代に取り残された男

スティーブのアパート

ピーター・ウェナムは、スティーブ・ロジャースの住居が生まれるまでの段階を説明した。「S.H.I.E.L.D.の最重要人物であるキャプテン・アメリカなら、トリスケリオン内に住むべきだと思うのが必然だろう。しかし、キャップを描くうえでの課題は、あくまで人間であることを描かなければいけないことだ。例え特別な能力を持っていたとしても、親しみやすく、かっこよく、現実的である必要があるんだ。ワシントンD.C.を見渡せる高層マンションに住ませることもできたが、あえて彼の脆さや澄んだ心が強調されるような場所を選んだんだ。デュポン・サークル付近にある3階建ての赤レンガのアパートさ」。

スティーブ・ロジャースの住処は、ジェームス・カーソンの手によって息を吹き込まれた。「彼の住むアパートは、家主同様、少し不安定だ。その上で、余計な物を好まない実用的な彼の性格故、装飾品もあまりない」と、カーソンは説明する。

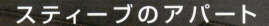

コンセプトアート：ジェームス・カーソン

第3章：時代に取り残された男

ウェナム曰く、「スティーブ・ロジャースは軍隊生活の影響で、部屋の内装は規律正しく、整理されている。自らの手で磨いた靴を、そのままベッドの足元に置くなど、新兵だった頃の習慣をまだ続けているんだ。全部きちっと並べてあり、片付いており、ルールがある。だからアパートにある要素は全て整理され、規則的に配置されている。彼は非常に計画性のある1日を過ごしているんだ。ただ、そこにもちょっとした楽しさもある。彼は成長しているキャラクターだからね。70年間もの間眠ってたから、ビートルズやらコンピューターやら、私たちが当たり前としていることを初めて学んでいるんだよ」。

スティーブ・ロジャースは特定の分野に興味があり、その部分はアパートの内装にも現れている。カーソン曰く、「知識はスティーブにとって重要なので、整頓されてすぐ手の届く位置に本棚が見える。母国やバイクといった、彼の愛する物も垣間見える」。

第3章：時代に取り残された男

コンセプトアート：ジェームス・カーソン

105

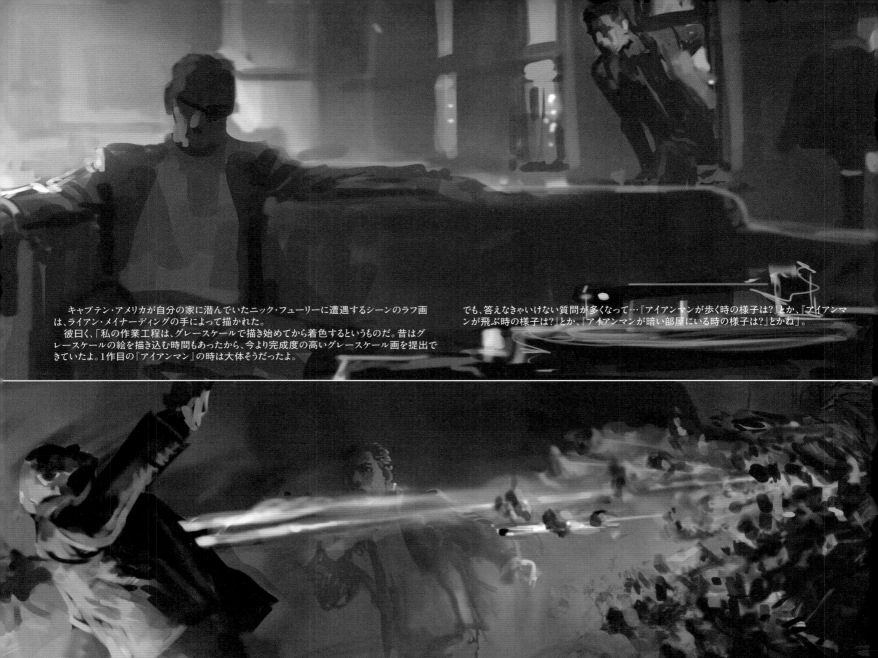

　キャプテン・アメリカが自分の家に潜んでいたニック・フューリーに遭遇するシーンのラフ画は、ライアン・メイナーディングの手によって描かれた。
　彼曰く、「私の作業工程は、グレースケールで描き始めてから着色するというものだ。昔はグレースケールの絵を描き込む時間もあったから、今より完成度の高いグレースケール画を提出できていたよ。1作目の『アイアンマン』の時は大体そうだったよ。でも、答えなきゃいけない質問が多くなって…『アイアンマンが歩く時の様子は?』とか、『アイアンマンが飛ぶ時の様子は?』とか、『アイアンマンが暗い部屋にいる時の様子は?』とかね」。

コンセプトアート:ライアン・メイナーディング

メイナーディングは話を続けた。「でも映画が何作も作られていくうちに、みんながそういう質問への答えを頭の中に持つようになったから、コンセプトアートについて質問されることは無くなったね。

その代わり、キーフレームを描く際に来る質問はどんどん具体的になっていって、キーフレーム内の情報全てをちゃんと表現する必要が出たから、グレースケールのまま提出することはほぼなくなったよ」。

メイナーディング曰く、「グレースケール作業が本当に好きなんだ。そっちの方がアイデアを手っ取り早く形にできるからね。ニック・フューリーの一連のシーンは、短期間でなるべく多くのキーフレームを完成させることを課題にしていたよ。ただそれ以外にも、モノクロなおかげで暗い雰囲気になるし、血だけ赤いおかげでそのシーンの重要さやインパクトも強調されるんだ。本当なら全部着色したいところだけど、色付きでもフューリーが撃たれる瞬間までは暗くて淡いままだったと思う」。

キーフレーム:ライアン・メイナーディング

第3章：時代に取り残された男

キーフレーム:ライアン・メイナーディング

第3章：時代に取り残された男

ベセスダ病院

立ちはだかる障害を何度も打破してきたスティーブ・ロジャースとナターシャ・ロマノフでも、ニック・フューリーの手術は見守ることしかできない。
コンセプト・アーティストのジェームズ・カーソン曰く、「無力感が伝わるかどうかが重要だったよ。この場面の2人は、祈ること以外になにもできないからね」。

ピーター・ウェナムによれば、現役で使われている手術室での撮影は不可能だったと言う。

コンセプトアート：ジェームス・カーソン

第3章．時代に取り残された男

ウェナム曰く、「ロサンゼルス中心部で見つけたセント・ヴィンセント病院内でなら問題なく撮影はできたが、手術室だけは難しかった。それに古いタイプの手術室は狭い上に老朽化が激しくてね。見通せる大きな窓も欲しかったから、手術室はセットとして作ることにしたよ。このシーンは全て、大きな窓越しで手術室が見える待機室で繰り広げられているんだ。個人的にはフューリーを覗き込むメタファー的な窓でもあるから、セットにしっかり組み込んだよ。実際の手術室にこんな窓はないんだ。本作のコンセプトやアプローチには、トリスケリオンを除いた全てに直線的なデザインを取り入れているんだ」。

キーフレーム:ロドニー・フエンテベラ

第4章
闘争か逃走か

「いいか、誰も信じるな」ニック・フューリーの放った最後の警告がスティーブ・ロジャースの心に響き渡る中、S.H.I.E.L.D.の代理長官アレクサンダー・ピアースは、フューリーの隠密行動に対する疑念を重々しく語った。

その直後、S.H.I.E.L.D.のエージェントがトリスケリオンのエレベーターを襲撃したことで、キャプテン・アメリカはフューリーの言葉を考え直すきっかけを得る。キャップは自由を勝ち取るために戦い、地下へと逃亡して絡み合ったこの政治的陰謀を解き明かす手がかりを探すことに。アレクサンダー・ピアースはこの腐敗した陰謀とどう関係あるのだろうか？

「本作のアレクサンダー・ピアースはニック・フューリーの恩師のような存在であり、フューリーをS.H.I.E.L.D.のリーダーにまで押し上げた張本人と言っても過言ではないキャラクターだ」と、共同プロデューサーのネイト・ムーアは語った。「そこがまた面白いんだ。物語が進むにつれて、ピアースには明確な理由があってそうしていたし、その理由もフューリーの予想外のものだからだと分かってくるからね」。

ではブラック・ウィドウはどうか？ナターシャの真の顔をは？彼女自身、その答えを知っているのだろうか？

「本作では、兵士であることとスパイであることの違いはハッキリと描かれている」と、ムーアは話を続けた。「なにかを信じて正義のため戦うことと、常にグレーゾーンで行動すること。ただどちらの選択も、自己犠牲が伴うんだ」。

思想や目標が異なることはあれど、キャプテン・アメリカとブラック・ウィドウの両者は共にニック・フューリーに忠実だ。しかし、そんなフューリーを狙った暗殺者の正体を暴くためには、S.H.I.E.L.D.の監視の目をかい潜る必要がある。

トリスケリオンからの脱出
プリビジュアライゼーション:モンティ・グラニト

「このシークエンスに至っては、コンセプトアートしか与えられなかったんだ」と語ったのは、Proof, Inc.のプリビジュアライゼーション・スーパーバイザーであるモンティ・グラニトだ。「VFXスーパーバイザーのダン・デリーウからの指示は、キャップがクインジェットの後ろ側に向かってシールドで攻撃する、というだけで、それ以外は自由にやらせてくれたよ。キャップがドラゴンを倒す、みたいな感じを目指したよ。物語上の重要な要素が盛り込まれたイメージが渡され、それを元にアイデアを練るのは、プリビズの世界ではよくあることだよ。良いアイデアが閃いたら、残り時間は監督の描いた理想像を高めるためにそれを形作っていくんだ。

VFXスーパーバイザーや監督たちからフィードバックをもらうために初稿を送ったよ。キャップがクインジェットに振り落とされると、キャップがシールドをもう片方の翼に当ててしがみつくというシーンは私のアイディアなんだ。ドラゴンと戦う醍醐味は、その背に乗り続けることにあるだろう？ それを表現したかったんだ」。

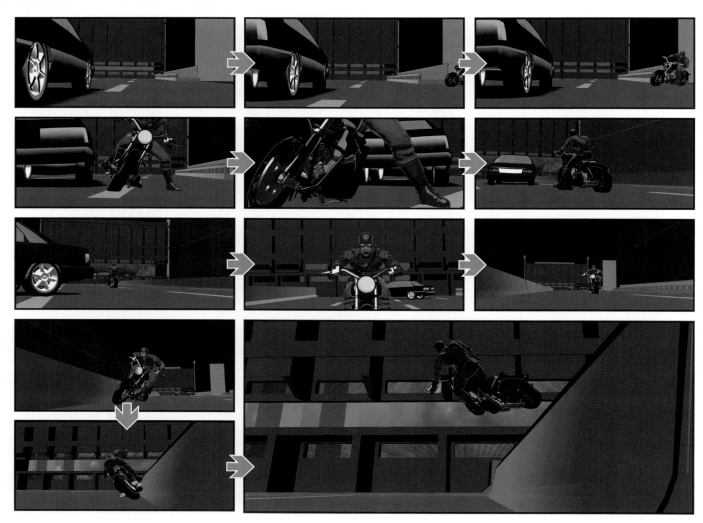

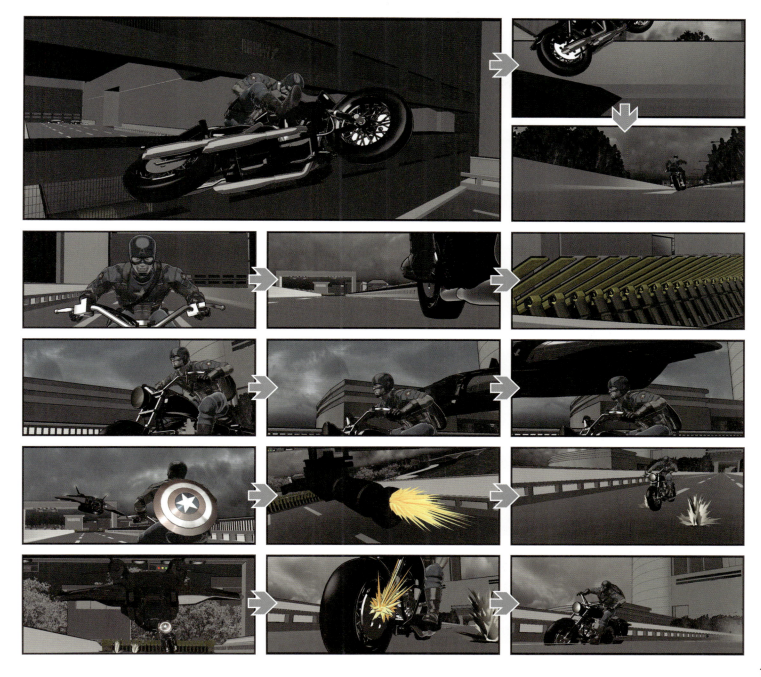

第4章：闘争か逃走か

　グラニト曰く、「クインジェットが無関係な人々にまで危害を加えないよう、手っ取り早く撃墜する必要がキャップにはあった。ダンは可能な限り混沌とした状況を要求して、ルッソ監督兄弟はキャップを驚異的な身体能力の持ち主でありながら常に地に足のついた人間として描くことを要求してきたから、その2点を考慮しながら取り組んだよ。最後のキメに行くジャンプのシーンは、同僚のトム・ブルーノに託したんだ。体操選手の参考資料からアニメーションを作るのはトムの得意分野だったからね。最後にキャップがシールドを叩きつける時の動作を優雅かつ力強く感じさせる素晴らしい出来にしてくれたよ。キャップの動きは体操とパルクールの動作、更には原作コミックのポーズを組み合わせて作ったんだ。キャラクターのイメージを守るマーベルの熱意には頭が上がらないよ。

　物語の都合上、ヒーローが本来の性格とは違う行動をすることはアクションシークエンスではありがちだけど、マーベルは違うね。全てのアクションは、ちゃんとキャラクターが思いついてやりそうなことでなければいけない。コミックオタクである私からすれば、こういう姿勢はとても喜ばしいことだよ」。

第4章：闘争か逃走か

キーフレーム:ロドニー・フエンテベラ

第4章：闘争か逃走か

VFXプロデューサーのジェン・アンダーダールは、クインジェットのシークエンス（最初にバイクに乗り、次にシールドを掴み、残りのエンジンを破壊してから最後に安全な場所へ飛び降りるシーン）で実写となる部分はキャップだけだと早い段階で気づいていた。「美術部門と特殊効果チームが協力してクインジェットのスケールモデルを作ってくれたわ。これのおかげで、俳優の足取りとCGモデルを合わせることができ、実物とCGに互換性を与えることができたの」と、アンダーダールは語った。「自然光が俳優に反射するように、クインジェットはグレーに塗装されているわ。クリス・エヴァンスがキャノピーやシールドを触るクローズアップのシーンに関しては、美術部門が実物を用意してくれたの」。

「スキャンラインVFX社が承認されたデザインを基に、CGのクインジェットを作成したのよ。キャプテン・アメリカのデジタル上での姿と、脱出時に乗ってたバイクのCGモデルも担当したわ。当シークエンスのすべてが事前に固められていたおかげで、監督たちにプリビズから外れたアイデアがあった場合はその場で即興で試すことも可能になったのよ。それ以外にも事前に固めたおかげで、編集部門からカットが届いた際に自由に組み合わせることができたわ。このシーンでは、キャップとバイク以外はすべて超一流CGアーティストたちが構想、構築したものよ」。

「ロドニー・フエンテベラが見事に仕上げてくれたよ」と、ビジュアル・デベロップメント部門最高責任者のライアン・メイナーディングは語った。「初期案では、キャップがバイクに乗ってクインジェットに向かい、ジャンプして上を飛び越えるというものだった。しかし最終的な案は、キャップがクインジェットに向かってシールドを投げて、墜落し始めたクインジェットの上にキャップが飛び乗り、シールドを取り戻して反対側に飛び降りるというシーンになったんだ。こうしてキャップ対クインジェットで、結果はキャップの勝利、というシーンが生まれたわけさ」。

キーフレーム：ロドニー・フエンテベラ

「キャプテン・アメリカがクインジェットのような圧倒的な敵に勇敢に立ち向かう姿を描きたかったんだ」と、コンセプトアーティストのロドニー・フエンテベラは語った。「相手が巨大な完全武装のジェット機だろうと、キャップには戦う覚悟があることを観客に伝えたかったんだ。しかも、最終的には勝利することもね」。

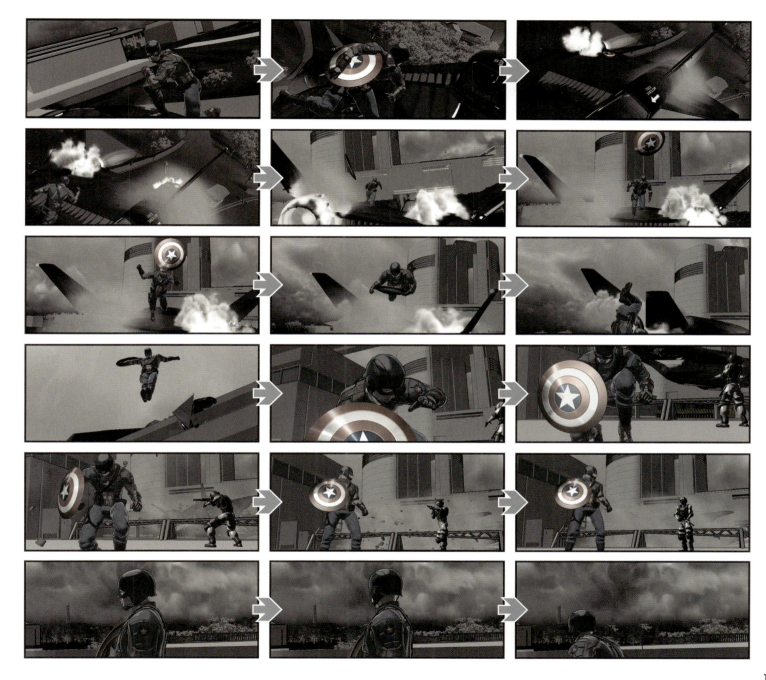

キャンプ・リーハイ

情報を追うスティーブ・ロジャースとナターシャ・ロマノフは、キャプテン・アメリカの原点ともいえるキャンプ・リーハイにたどり着く。

クリエイティブ・エグゼクティブのトリン・トラン曰く、「第1作でスティーブはキャンプ・リーハイで訓練を受けて、そこで兵士になったのよ。彼にその瞬間を再体験させたかったの」。

しかし、スティーブが眠っていた間に世界全体が変化したように、この基地も変わってしまっていた。

ネイト・ムーア曰く、「興味深いのは、キャップが戻ってきた時にはキャンプ・リーハイは昔の姿ではなくなっているということだ。どの基地もそうであるように、時間と共に進化していたんだ。廃基地とはいえ、キャップの居た1940年代には存在しなかったものが残されている。それでも、物事が今より簡単に思えた時代の名残を懐かしむシーンでもあるんだ。結局、スティーブがキャンプ・リーハイで見つけたものは予想外のもので、彼が今直面している非常に現代的な問題と結びつくものだ」。

「キャンプ・リーハイへの旅路は、最終的に廃バンカーを見つけることに収束していくんだ」と、プロダクションデザイナーのピーター・ウェナムは説明した。「2人はバンカー内の階段を降り、第二次世界大戦当時に使われていただろう巨大な作戦室を見つけるんだ。基地の規模や外観はVFXで完成させたが、基盤となったのは建物2軒、複数の通路、そしてロサンゼルスのダウンタウンにあった古い工場だ」。

第4章：闘争か逃走か

コンセプトアート：ジェイミー・ラマ

コンセプトアート:ジェイミー・ラマ

第4章：闘争か逃走か

セットデザイナーのアンシュマン・プラサドがバンカーの3Dレンダリングを作成し、イラストレーターのジェイミー・ラマがそれを更に洗練させる過程で、コンセプトアーティストのクリストファー・ロスは個々のコンピュータのデザインを担当していた。プラサド曰く、「苦労したデザインだったよ。古びた時代遅れの技術を強調しつつ、スーパーヒーロー映画という世界観にも合わせる必要があった。私、ピーター・ウェナム、そしてスーパーバイジング・アート・ディレクターのトーマス・バレンタインの3人でいくつものデザイン案を検討したよ。円形の井戸のような形から始まり、放射状のコンピュータ室を経て、最終的に駐車場のような広い空間に落ち着いたんだ。低い天井と無数のデータプロセッサが並ぶ広大なスペースのおかげで、脚本が求めていた巨大感を表現できたと思う。最終的には、現在では時代遅れの技術だけど、建設された60年代後半の基準では最先端であることを伝える必要があったからね」。

コンセプトアート：ジェイミー・ラマ
スチール写真（上）

第4章：闘争か逃走か

キャンプ・リーハイからの脱出

絵コンテ：ダリン・デンリンジャー

「キャンプ・リーハイのシーンは非常に重要なんだ。なぜなら、この映画を伝統的なスーパーヒーロー映画の枠組みに収めるのではなく、1970年代の政治スリラーのオマージュとして強く位置づけるからだ」と、絵コンテ師のダリン・デンリンジャーは語る。「ルッソ兄弟は、このコンセプトを最初の打ち合わせから徹底的に強調してきた。私の各シーンへのアプローチの仕方はこの考え方をベースにしており、映像的に不安感や権力への不信感を高めるためのあらゆる機会を探るようになったよ」。

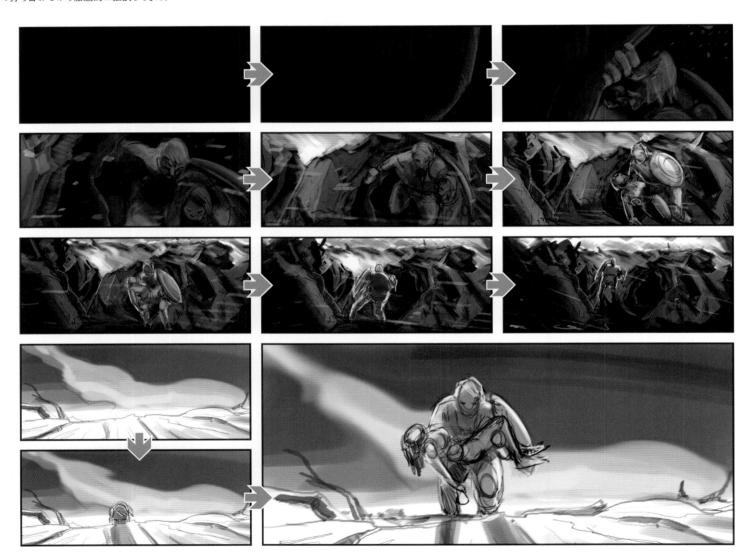

第4章：闘争か逃走か

キーフレーム：アンドリュー・キム

デンリンジャーは更に話を続けた。「キャンプ・リーハイのくだりでは、ナターシャとスティーブは単独で行動、逃亡しつつ、長年S.H.I.E.L.D.を根っこから蝕んできた悪のネットワークを暴くんだ。『コンドル』の主人公たちが通ってきた旅路にクインジェットとヴィブラニウム製の盾、ミサイル攻撃を付け加えたようなものだ」。

キーフレーム：アンドリュー・キム

第4章：闘争か逃走か

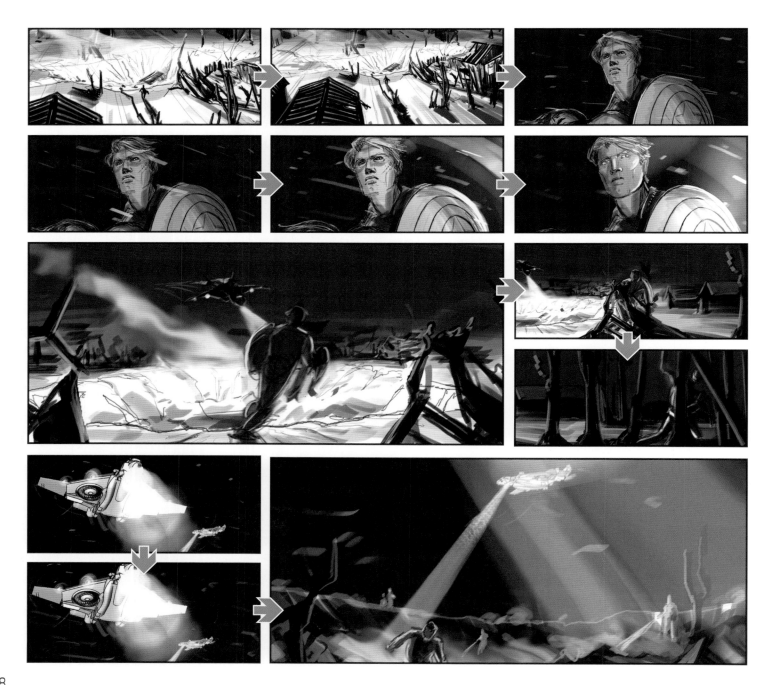

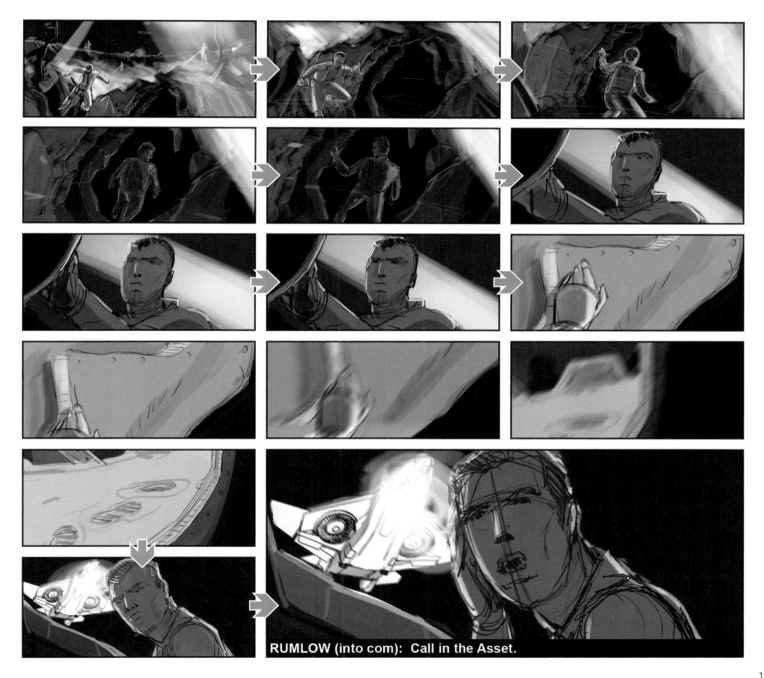

キーフレーム：ロドニー・フエンテベラ

第5章
死の冬

　マスク姿の工作員、通称ウィンター・ソルジャーがスティーブ、サム、ナターシャの乗る車を奇襲し、スティーブ・ロジャースの過去と現在が衝突することに。後部座席に座っていたS.H.I.E.L.D.のエージェント、ジャスパー・シットウェルが、謎の手によって車外へと引きずり出される。車内という閉所故、ヒーロー3人は襲撃者の姿を確認することもできず、続く攻撃によって3人は離れ離れになってしまう。
　ブラック・ウィドウが最初にマスク姿の男と対峙する。「道路での戦いは素晴らしいシーンだよ」と、コンセプトアーティストのロドニー・フエンテベラは語った。「ブラック・ウィドウとウィンター・ソルジャーを取り巻く混乱と破壊を私は描きたかったんだ」。
　その直後、キャプテン・アメリカが参戦すると、過去と突然の再会をすることに。時代に取り残された男は、恐怖の真実を目の当たりにする。
　でも今の彼は独りではない。
　「ジョーとアンソニー・ルッソ両監督は、ウィンター・ソルジャーを恐ろしくも印象的な存在にすることを望んでいたよ。ダース・ベイダーやボバ・フェットと肩を並べる存在にね」と、ビジュアル・デベロップメント部門最高責任者のライアン・メイナーディングは語った。「監督たちがその考えをあまりに熱心に語るもんだから、正直プレッシャーを感じたよ。ひと仕事終えて『次なるボバ・フェットを作ったぞ』と思ったことなんてないからね。監督たちはどうしてもウィンター・ソルジャーを危険で驚異的、印象的、そしてダース・ベイダーみたく人々の記憶に残り続けるキャラクターにしたがっていたんだ」。

ウィンター・ソルジャー

コンセプトアート：ライアン・メイナーディング

マーベルのビジュアル・デベロップメント部門は、キャプテン・アメリカの好敵手であるウィンター・ソルジャーをコミックから映画に移すという課題に取り組んだ。
ライアン・メイナーディング曰く、「キャラクターをデザインする時は、まず最初にコミックを参照するんだ。スティーブ・エプティングの描くウィンター・ソルジャーのデザインは本当に素晴らしい。そのデザインに可能な限り忠実なまま、物語のニーズに応じてディテールを追加していくことを目指したよ。コミックと映画双方のウィンター・ソルジャーが蓄えた長髪は、時の経過を示す古典的な表現方法だ。それ以外に、3つの重要な要素があるんだ」。

メイナーディングは話を続けた。「1つめは義手だ。トニー・スタークの発明品をも超越した技術力の義手というのが監督たちの案だ。つまりウィンター・ソルジャーの腕を作成した人物は、マーベル・ユニバースの主要科学者であるトニー・スタークですら達成できない技術を持っていたということになる。おかげで腕に横方向のカットラインを入れることができたよ。原作コミックではよく見るタイプのデザインを映画の世界にも持ち込めたわけさ」。

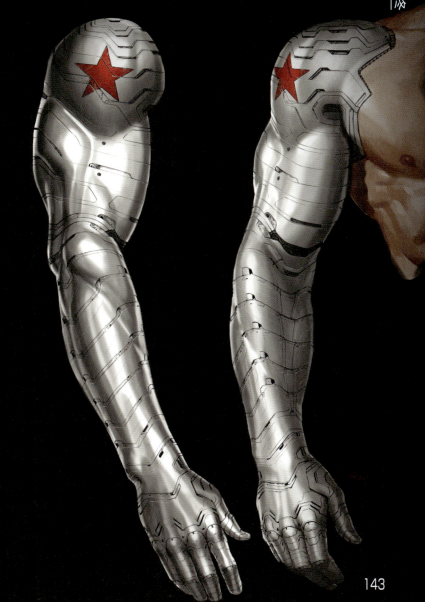

メイナーディング曰く、「3つめの重要な要素は、ウィンター・ソルジャーをできる限りかっこいい悪役にしたいというルッソ兄弟の要望だ。ビジュアル・デベロップメント部門は今までに多数のヴィランをデザインしてきたが、毎回可能な限り面白く、親しみやすいヴィラン作りに専念しているんだ」。

コンセプトアート：ロドニー・フエンテベラ

ロドニー・フエンテベラは、自身のアプローチ方法について解説した。「準軍事組織のような洗練された現代的なデザインから始め、そこから反乱組織的なデザインへと移って…ウィンター・ソルジャーに合いそうなデザインならなんでも試してみたよ」。

コンセプトアーティストのジョッシュ・ニジーは、ウィンター・ソルジャーのデザインを何案も生みだした。彼曰く、「洗練させるか、それとも寄せ集め感を出すか、技術的な時代感はどうするか、顔はどれくらい見せるか、どれくらい原作デザインに近づけるか…色々探ったよ。ウィンター・ソルジャーの正体をまだ知らない人もいるだろうから、彼の正体をどれくらい分かるようにするかも課題だったね。最初から明らかにするべきかどうか？死んだはずじゃなかったのか？どうしてまだ生きているのか？等々」。

コンセプトアート：ジョッシュ・ニジー

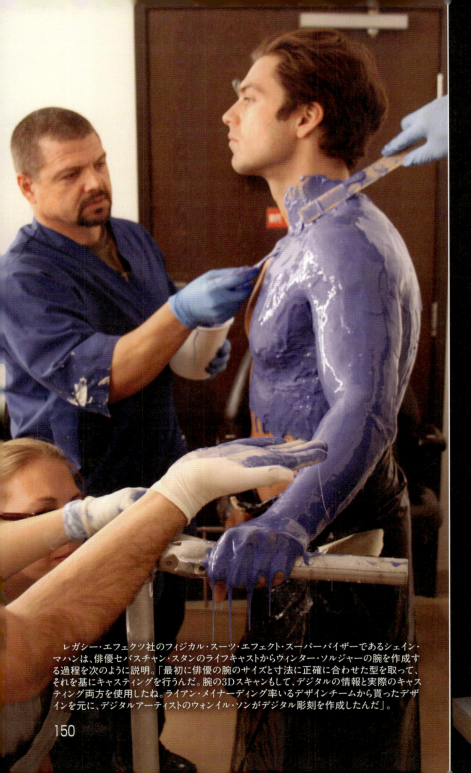

写真提供:
レガシー・エフェクツ社

レガシー・エフェクツ社のフィジカル・スーツ・エフェクト・スーパーバイザーであるシェイン・マハンは、俳優セバスチャン・スタンのライフキャストからウィンター・ソルジャーの腕を作成する過程を次のように説明。「最初に俳優の腕のサイズと寸法に正確に合わせた型を取って、それを基にキャスティングを行うんだ。腕の3Dスキャンもして、デジタルの情報と実際のキャスティング両方を使用したね。ライアン・メイナーディング率いるデザインチームから貰ったデザインを元に、デジタルアーティストのウォンイル・ソンがデジタル彫刻を作成したんだ」。

マハンは話を続けた。「シームレスな前腕部分になるようにデザインしてあるよ。デジタル彫刻が完成し、パーツが成形されて綺麗に仕上げられると、上腕のパーツとぴったり合うんだ。これは我が社のアーティスト、クリス・スウィフトがテスト撮影した時の写真だ」。

第5章：死の冬

レガシー・エフェクツ社は、ウィンター・ソルジャーの義手を2バージョン作成した。「アクション用にトラッキングマーカーを付けたフォームラバー製のものと、可動範囲は狭いがクローズアップの描写で映えるように金属光沢加工したウレタン製のものを作成したよ」と、マハンは語った。

第5章：死の冬

傭兵

コンセプトイラスト：
クリスチャン・コルデッラ

コスチューム・イラストレーターのクリスチャン・コルデッラ曰く、「衣装デザイナーのジュディアンナ・マコフスキーと一緒に、傭兵たちの衣装パターンを何種類も検討したよ。元々は黒を予定していたけど、ウィンター・ソルジャーやキャプテン・アメリカと区別するためにグレーに変更したんだ。非現実的になりすぎない範囲でいかに驚異的に見せるかが大事な点だったよ」。

第5章：死の冬

コルデッラは話を続けた。「カーゴパンツやジャケットのリサーチはいっぱいしたさ。それからグローブも…こういうタイプのキャラクターに威圧感を与えてくれるからね。頭からつま先まで完全に保護されているから何でもできてしまう印象を受けるんだ。指ぬきグローブのほうが射撃に向いているかもしれないけど、今は色んな種類の薄生地グローブがあるんだ」。

ウィンター・ソルジャーの襲撃
絵コンテ:PROOF, INC./モンティ・グラニト、ダリン・デンリンジャー、コーラル・ダレッサンドロ

　当初、ウィンター・ソルジャーの奇襲はポトマック川を渡る跳ね橋の上で行われる予定だった。Proof, Inc.のプリビジュアライゼーション・スーパーバイザー、モンティ・グラニトが、Proof, Inc.が最初に手掛けた映画のシークエンスについて語った。「初期案の段階では、静かな解説から始まり、その後にウィンター・ソルジャーが突然出現し、どこにでもいるかのような状況にすることに焦点を当てた。カメラを車内に置いたままウィンター・ソルジャーをはっきり見せず、彼を見えない脅威として描くことが重要だった。

ルッソ監督兄弟曰く、このシークエンスのテーマは、地に足のついた70年代のスリラーだ。閉塞感と無力感を観客にも感じさせたかったんだよ」。

第5章：死の冬

　Proof, Inc.チームは、ウィンター・ソルジャーの冷酷さと高い戦闘能力を強調することに注力した。彼は俊敏かつ強力で、本物の脅威となる存在だ。「我々はウィンター・ソルジャーの分断戦術を編み出し、撮影予定のロケ地をベースにした跳ね橋のセットも作成したんだ」と、グラニトは話を続けた。「実際に使う車のモデルを作成し、カメラが車内を動けるか、キャラクターたちが振付をこなせるかを確認したんだ。

元々、ウィンター・ソルジャーはシットウェルを後部窓から引きずり出す予定だったんだけど、そうするには実際の車の後部窓は小さすぎたんだ」。

第5章：死の冬

絵コンテ師のダリン・デンリンジャーは、脚本の変更やロケーション制約によりシーンが変更された後にこのシークエンスを修正した。デンリンジャー曰く、「Proof, Inc.のプリビズチームは、このシーン用に美しくレンダリングされたCGアニメーションシークエンスをすでに作成していたが、大幅な変更が必要になったんだ。いつもなら、監督と共にシークエンスの初期案を考えて、それをプリビズチームに渡すんだ。でも今回は、アニメティクス・エディターのコーラル・ダレッサンドロと私でシークエンスを再構築し、まだ使えるプリビズのショットをできるだけ集め、ロケーションとタイミングの制約に基づいて新たなショットを作って、好評だった最初のアニメーションありのプリビズの魅力をなんとか保とうと試みたよ」。

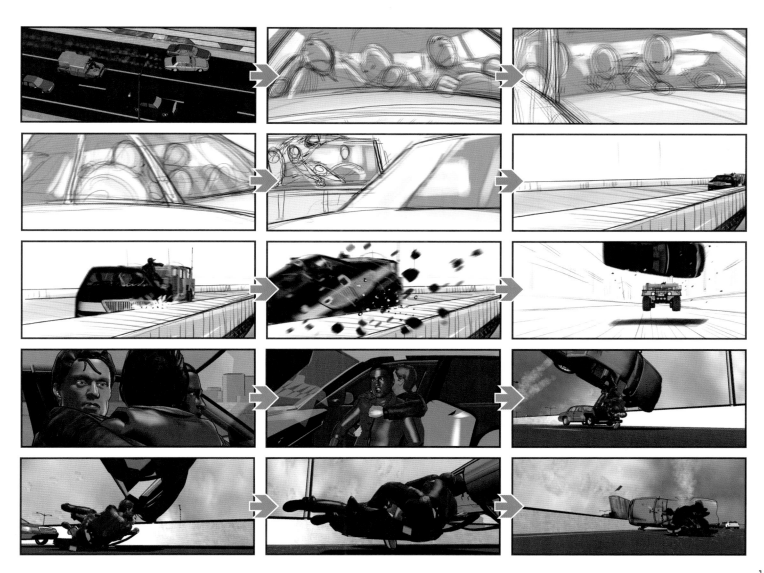

ダレッサンドロ曰く、「アニメティクスの編集は絵コンテ、プリビズ、スタント映像をすべてひとつになるように組み合わせるというユニークな挑戦だったわ。バラバラな音楽のパーツを繋ぎ合わせてひとつのサウンドトラックを作ることが、このシーンにワクワク感を与え、ペースを保つことにおいて重要だったの」。

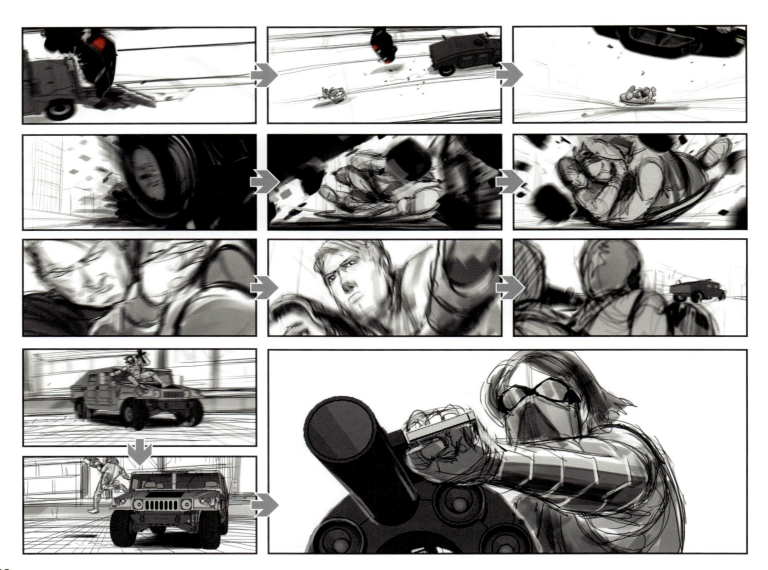

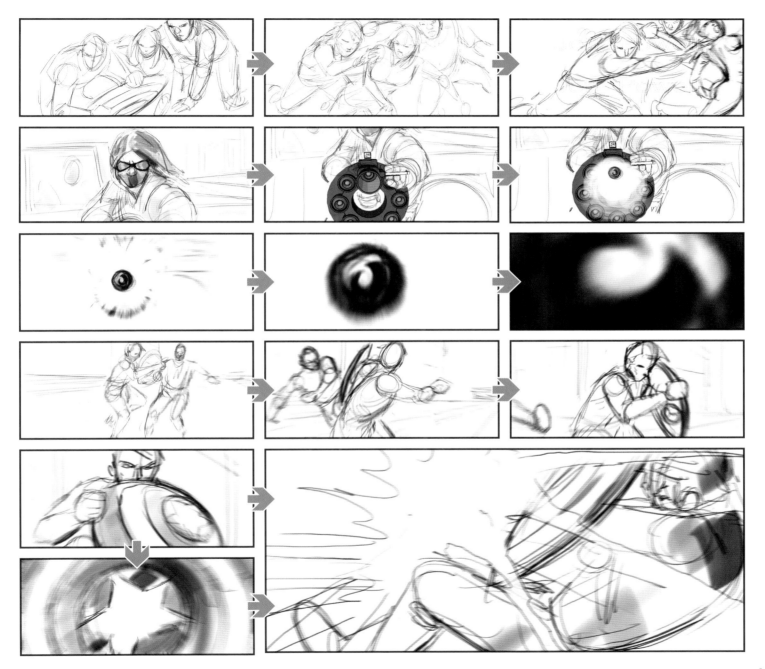

第5章：死の冬

キーフレーム：ライアン・メイナーディング

第5章：死の冬

ライアン・メイナーディング曰く、「ウィンター・ソルジャーのデザイン案が多かった理由の一つとして、本作登場のキャラクターの中では唯一最近生まれたキャラクターだということがある。我々が手がけたキャラクターの多くは現代よりも前の時代を原点としている。大抵は長い歴史を持ち、50年以上前にデザインされたものだ。無論、ウィンター・ソルジャーの正体であるバッキーにも長い歴史があるが、ウィンター・ソルジャー自体の歴史はまだ浅い。現代的な文脈でデザインされたキャラクターを映画に持ち込む際は、扱いやすい基盤が与えられることが多いんだ」。

キーフレーム:ライアン・メイナーディング

ロバート・レッドフォード演じる世界安全保障委員会理事、アレクサンダー・ピアースはニック・フューリーが耳を傾ける数少ない人間だ。しかし今、キャプテン・アメリカは己の直感に従うか、それとも兵士らしく上官の命令に従うか、選ばなければならない。

「70年代のスリラー映画に影響を受けた私たちにとって、本作にロバート・レッドフォードが出演していることには大きな意味がある。特に、本作のルーツが『コンドル』にあることを考えるとね」と、監督のジョー・ルッソは説明。「文化的な観点から見ても面白い。その上、彼は最高の俳優の1人であり、この業界の象徴的な存在でもある」。

同じく監督のアンソニー・ルッソも同意した。「ピアースは非常に複雑なキャラクターだけど、ロバート・レッドフォードが演じることでキャラクターの言葉に説得力が生まれるんだ。それが物語の核心や、キャラクター間の力関係を描くのに非常に役立ったんだ」。

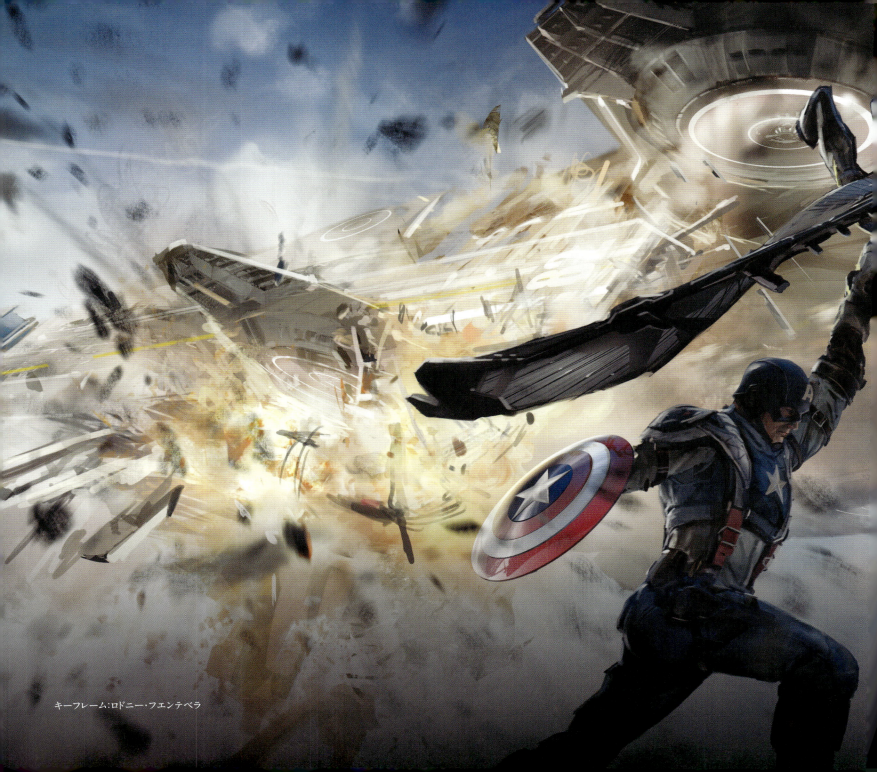
キーフレーム：ロドニー・フエンテベラ

第6章
さらばS.H.I.E.L.D.

　曇りなき真実に時代は関係ない。スティーブ・ロジャースの純粋な道徳心が先制攻撃や潜伏工作員、秘密工作に依存する情報機関に浸透した腐敗と倫理の妥協を凌駕し、数十年にわたって築かれた陰謀は崩れ去る。
　時代に取り残された男、スティーブ・ロジャースが現代の世界に適応する必要はなかった。むしろ、現代の世界こそが彼のシンプルな正義感に合わせて基準を引き上げなければならないのだ。そして、キャプテン・アメリカが遠い昔の過去に形成した思想で現代を再建する中、残る問いは1つだけ…次はどうする？
　ファルコンは、権力の隅々に隠された秘密を暴くキャプテン・アメリカの旅に同行することに。2人は映画の序盤で、自然な流れで出会う。この経緯について、共同プロデューサーのネイト・ムーアが説明した。「ある日、ワシントンD.C.のナショナル・モールをランニングしていた2人は会話をすることに。当初、サムにEXO-7ファルコン（サムが映画終盤に使うことになるフライトスーツ）を扱う才能があることをスティーブは知らないんだ」。
　現代のスティーブ・ロジャースに友人はあまりいないが、サム・ウィルソンと共通している特性は時代を超えたものだ。

　クリエイティブ・エグゼクティブのトリン・トラン曰く、「サム・ウィルソンは軍出身の人間よ。2人とも似た経歴の持ち主だから、すぐに意気投合するの」。
　2人は戦いの場で自然とチームを組むことになる…70年前のキャプテン・アメリカとバッキー同様に。

サム・ウィルソン／ファルコン

　ビジュアル・デベロップメント部門用にファルコンのデザインを担当したのは、コンセプトアーティストのジョッシュ・ニジーだ。「このデザインにはニジーの腕前が試されたよ」と、ビジュアル・デベロップメント部門最高責任者のライアン・メイナーディングは語った。「原作のファルコンはコミックらしい非現実的で純粋な存在だからこそ、彼をデザインするのはとても面白い挑戦だったよ」。
　ニジーは、原作版ファルコンの鳥を模したデザインを放棄し、より現実に即したデザイン案を考えることにした。ニジー曰く、「翼をどうするべきかは、色々と悩んだよ。ウィングスーツにするべきか？それとも機械的な翼か？どれくらい鳥を模しているのか？飛行機の翼のようにするべきか？たくさんの案があったよ。最終的には、ヨットのような素材で異なる柔軟性を骨組みに持たせるというアイディアに落ち着いた。さらにギザギザした部位も追加したけど、一番のモチーフはヨットの帆さ」。

コンセプトアート：ジョッシュ・ニジー

第6章：さらばS.H.I.E.L.D.

173

「フライトスーツのデザイン初期段階では、かっこよく、機動性があり、幻想的でありながらもドキュメンタリーなどで出てきそうなリアル感もあるデザインを追及したよ」と、メイナーディングは語った。「アイアンマンよりも機動性がありそう、というのがジョー・ルッソの語っていたファルコン案だ。マーベル・ユニバース内での技術力の基準となっているのはアイアンマンなので、現在担当しているキャラクターがその基準のどこら辺にいるかを探るのが最初の作業さ。そうしている内に、洗練さではアイアンマンに劣るが、力強さ以上に優雅さを持っているというデザイン案に辿り着いたんだ。ファルコンが空を飛ぶ時の動きは非常に優雅で、機動性にも富んでいる」

第6章:さらばS.H.I.E.L.D.

コンセプトアート:ロドニー・フエンテベラ

「ファルコンのウィングパックは、さまざまな素材を使った素晴らしい構造だ」と、レガシー・エフェクツ社のフィジカル・スーツ・エフェクト・スーパーバイザー、シェイン・マハンは語った。「ライアン一行がデザインを担当し、我々が彫刻、製造、革細工で立体化させたんだ。担当したデジタル・アーティストはグレッグ・スミス、主要製造はクリス・スウィフトだ」。

最終段階の試着にはニジーも立ち会っていた。「本当にかっこよかったよ」と、彼は語った。「特定のファンたちは気に入ってくれるだろうけど、別のファンたちは原作の赤い羽根付きタイツ姿じゃないことに不満を抱くだろうね」。

プロデューサーのケヴィン・ファイギ曰く、「ファルコンは1960年代後半に初登場し、他のマーベルキャラクター同様、時代と共にコスチュームが進化してきた。赤色の翼と胸元の露出したデザインが特徴的な白色の衣装だった時もあれば、より実用的で軍事的なデザインだった時もある。我々はその両方のデザインを取り入れたかったんだ。なので、サム・ウィルソンが所属していた落下傘部隊のルーツを感じさせるデザインでありながら、羽が開くと原作版ファルコンのシルエットにもなっている」。

第6章：さらばS.H.I.E.L.D.

コンセプトアート:
ジョッシュ・ニジー

178

ファルコンの翼をデザインする際、ニジーは複数のバリエーションを作成した。中には羽を模したものや、可動式の機械的なデザインもあった。ニジー曰く、「ジェット噴射や滑空ではなく浮遊能力のような、チタウリ等の異星のテクノロジーを活用した技術で飛ぶ案すらあったよ。本当にいろいろと試したんだ。実際、小型のジェット2つとウィングパックでできたウィングスーツ(スカイダイバーが滑空するために着る衣装)のような自作の飛行装置でイギリス海峡を飛び越えた人物がいるんだ」。

ニジーは話を続けた。「翼はいろんな素材で出来ていて、重ね合わさってるように見えるんだ。翼はウィングパックに収納できるよう、非常に薄くなければいけなくて。実際の骨組みはとっても小さく、繊維のような素材が、異なる硬度の他の素材の上に張られているんだ」。

コンセプトアート:ジョッシュ・ニジー

第6章：さらばS.H.I.E.L.D.

「ファルコンを過去最ッ高にクールなキャラクターにしたかったのよ」と、エグゼクティブ・プロデューサー兼VFX&ポストプロダクションのEVPであるヴィクトリア・アロンソは語った。「真実味のある飛び方をするけど、飛ぶ様子は蝶とも、鳥とも、カラスとも違うわ。翼の強度のバランスと、人間が現実的に飛べる様子を探るために幾度も研究開発したわ。スクリーン上に映し出される要素で一番苦労した点よ」。

コンセプトアーティストのアンディ・パークが、ファルコンの翼が初期案から進化していく様子を提供してくれた。彼曰く、「翼と一緒に、銃がどう機能するかも考えていたんだ。最終的には、銃は翼の前部に取り付けるデザインに落ち着いたよ」。

コンセプトアート:アンディ・パーク

第6章：さらば S.H.I.E.L.D.

コンセプトアート：ライアン・メイナーディング

トリン・トラン曰く、「ファルコンの翼は全部CGよ。アンソニー・マッキーはレガシー・エフェクツ製のウィングパックを背負っているけど、翼は完全にCGなの。VFXの参考資料として小さめのレプリカは作ったけどね」。

1/2スケールのレプリカが参考資料としてどう役立ったか、マハンが解説してくれた。「日光に照らしてごらん?これでデジタル部門は屋内外両方の光の反射度合いの参考資料を手に入れたわけだ。これは資料提供の一環で、おかげでみんなの仕事が少し楽になり、クオリティも上がるのさ。VFX班をサポートするのも、我々の仕事だ。実際に物理的な物を作ればそのまま参考にできて、頭の中で思い描かずに済むわけだ」。

レガシー・エフェクツ社はスーツの構造用にマッキーを模した実物大のマネキンも作成し、サイズの参考としてフォームコア製の片翼も付け加えた。

写真提供:レガシー・エフェクツ社

コンセプトアート：ジョッシュ・ニジー

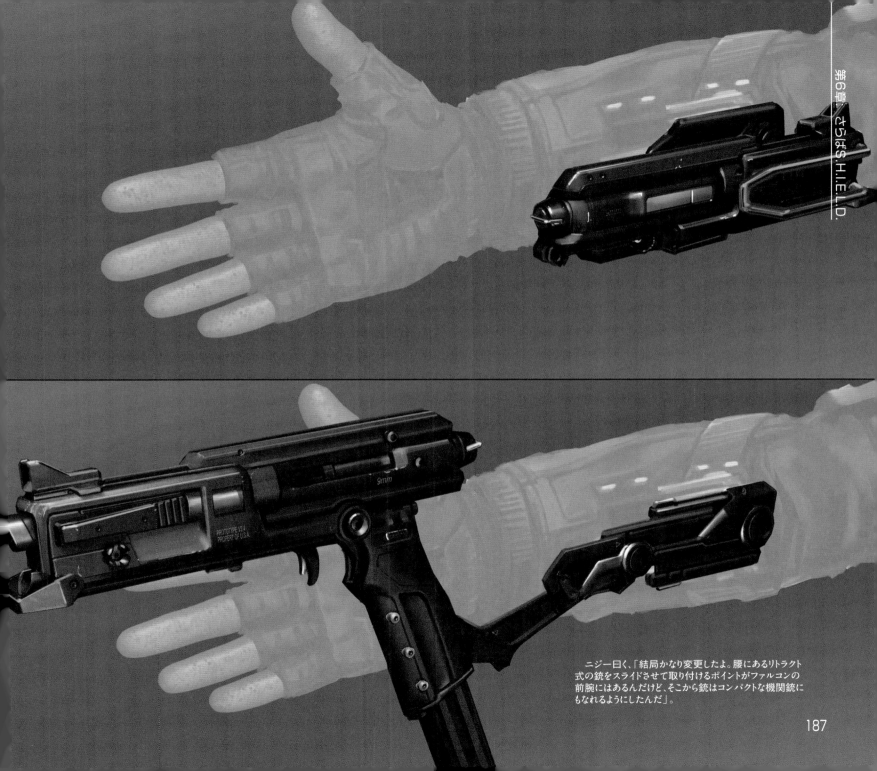

ニジー曰く、「結局かなり変更したよ。腰にあるリトラクト式の銃をスライドさせて取り付けるポイントがファルコンの前腕にはあるんだけど、そこから銃はコンパクトな機関銃にもなれるようにしたんだ」。

トリスケリオンの最期
プリビジュアライゼーション:モンティ・グラニト

　キャプテン・アメリカとファルコンは二手に分かれ、別々のヘリキャリアのコントロールルームに向かうことに。ファルコンは機銃の砲撃を避けるが、今度はクインジェットに追われる羽目になり、空へと飛び立つ。Proof, Inc.のプリビジュアライゼーション・スーパーバイザーであるモンティ・グラニトがその後の展開を説明。

「クインジェットがミサイルを発射し、ファルコンに直撃してしまう。クインジェットが煙の中から突き抜けると、ファルコンは風防ガラスを撃ってパイロットの気を引き、そのまま下を飛び抜けるんだ」。

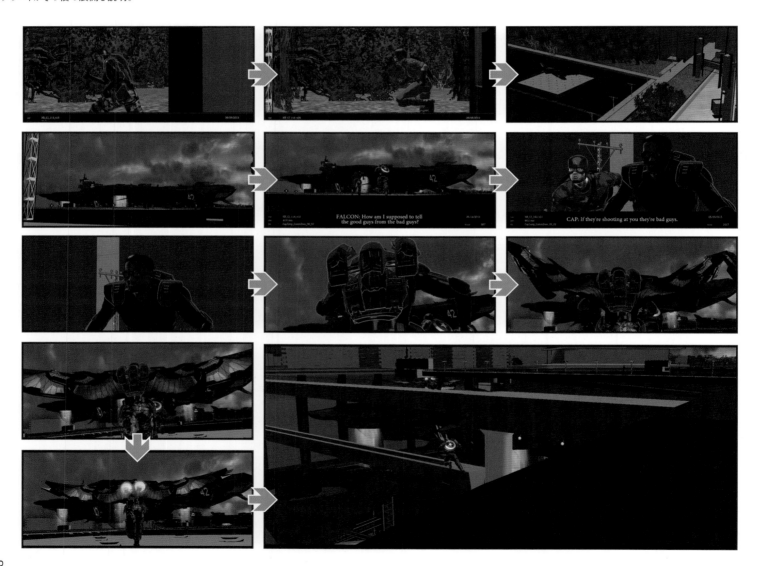

グラニトは話を続けた。「ファルコンがヘリキャリアの上に着陸する初期段階のスケッチを受け取った際、VFXスーパーバイザーのダン・デリーウがファルコンの飛行兼戦闘スタイルを試すように指示してきたんだ。エリック・ベネディクトとジョージ・アンツーリデスのアーティスト2人にテストシークエンスをじっくり作ってもらったよ。しばらくはダン、監督両名、それとVFXプロデューサーのジェン・アンダーダールに色々試す時間を貰っていたんだけど、そのじっくりかけた時間の成果こそが、ファルコンがヘリキャリアとクインジェットに立ち向かうシークエンスさ」。

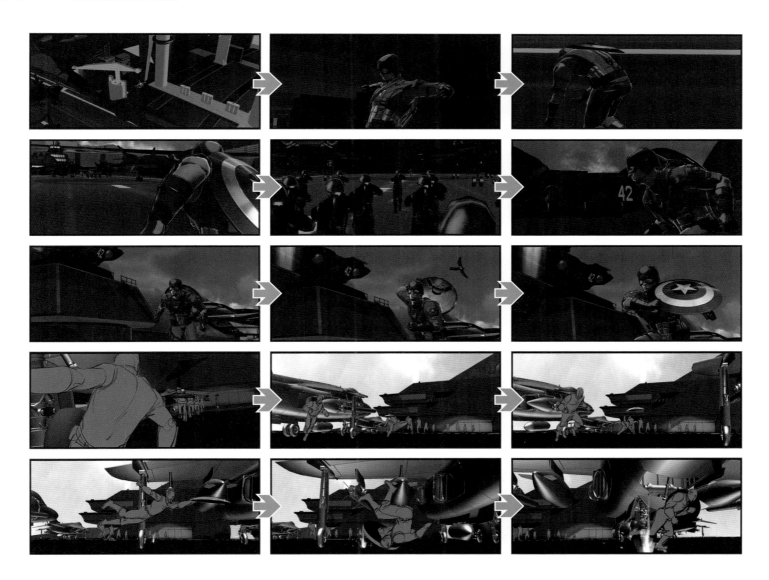

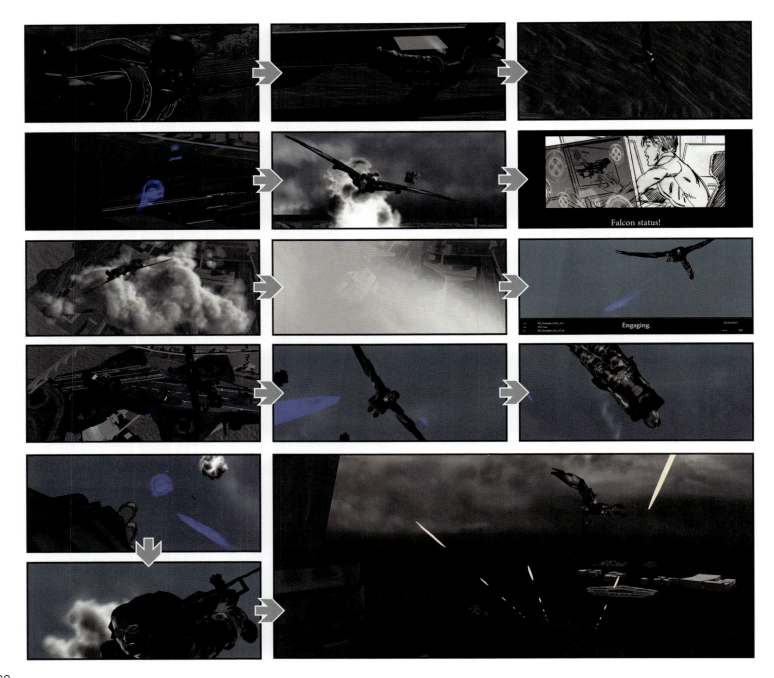

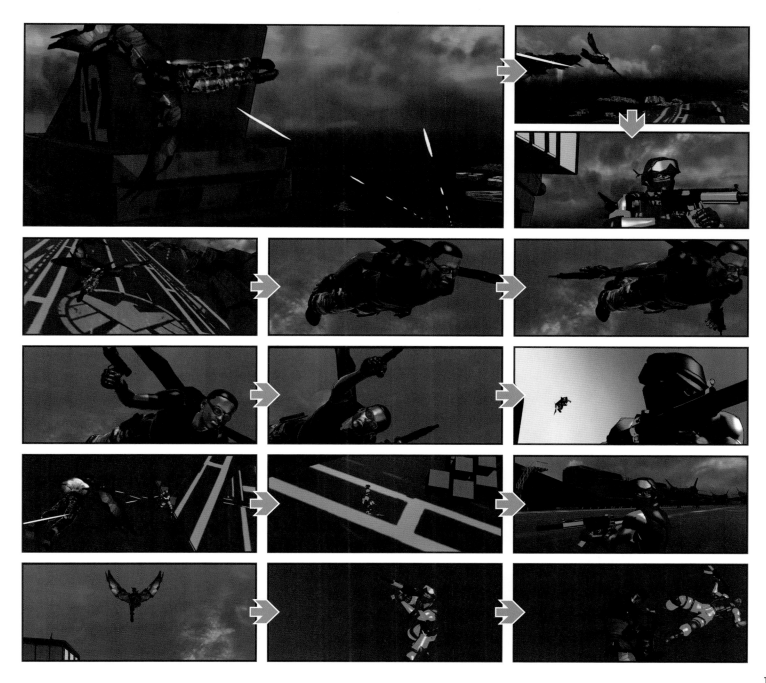

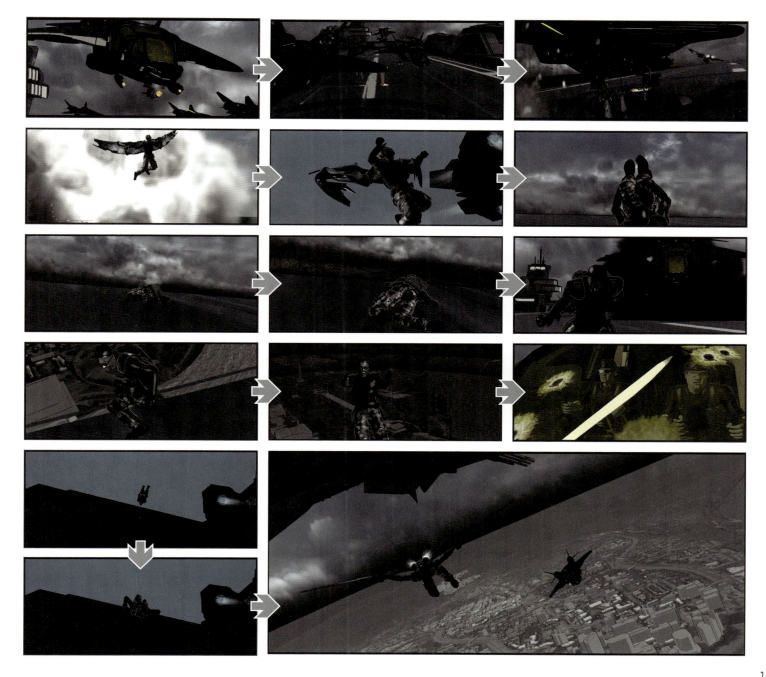

キーフレーム:ロドニー・フエンテベラ

第6章：さらばS.H.I.E.L.D.

コンセプトアーティストのロドニー・フエンテベラ曰く、「ファルコンがクインジェットの火力に圧倒される中、背景では壮大な最終決戦が繰り広げられている構図を描きたかったんだ。本作で重要な場面の中には、キャプテン・アメリカとファルコンが圧倒的な敵勢力に立ち向かい、道を切り開いて、我々のよく知るヒーローとして勝利を収める姿を描くシーンもあるからね」。

ウィンター・ソルジャー VS ファルコン
絵コンテ：フェデリコ・ダレッサンドロ

「このシーンは、壮大な戦闘の最中の短い小競り合いに過ぎないが、それでもちゃんと描く必要があったよ」と、アニマティック・スーパーバイザー兼絵コンテ師のフェデリコは語った。「目標はいたってシンプル。2人がヘリキャリアに着陸するシーンから、ウィンター・ソルジャーとの戦闘までの一連の流れを描くことだ。

どうやってそれを実現するかが個人的な挑戦で、一連のアクションがエキサイティングでドラマチックに繰り広げられるようにしたよ。

絵コンテ師からすれば、自分の色を出せるチャンスになるからこういう自由なシークエンスは一番楽しいよ」。

ダレッサンドロ曰く、「このアクションシーンでは、報復合戦的な要素を与えることに集中したよ。ウィンター・ソルジャーはすぐにキャップを戦線から外し、ファルコンがキャップを助けようとしてもウィンター・ソルジャーに引き戻され、そしたらファルコンは距離を取って安全圏から射撃するんだ。ウィンター・ソルジャーがどうやってファルコンを再び地面に引き戻すかが次の課題だ。私は、状況を切り抜けるために、キャラクターが本来の用途とは異なる形で道具を使うようなアクションが好物なので、ウィンター・ソルジャーがグラップリングフックを使ってファルコンを甲板に引きずり戻すという案に落ち着いたよ」。

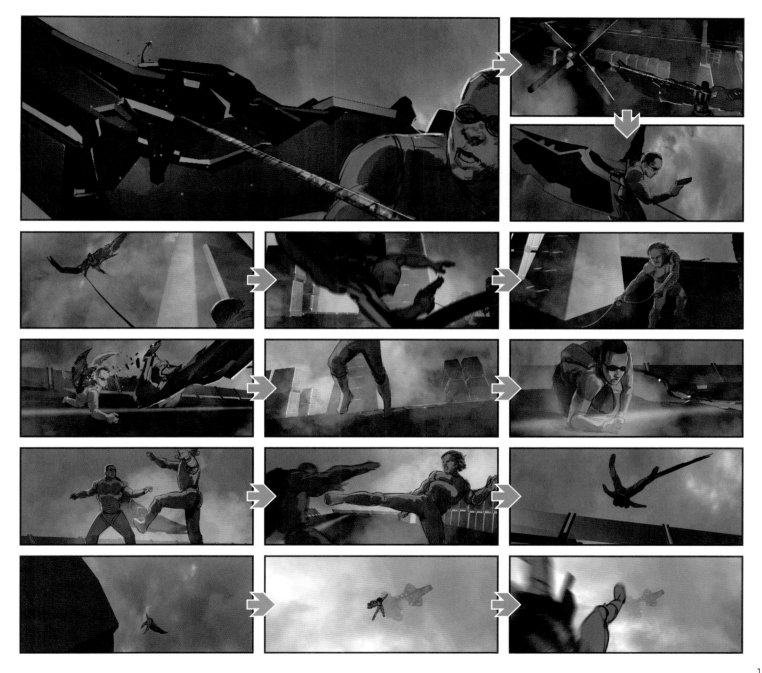

キャプテン・アメリカ VS ウィンター・ソルジャー

絵コンテ：ダリン・デンリンジャー

「この壮大な最終決戦は初期案の段階で、フェデリコとコーラレ・ダレッサンドロのアニマティックで詳細に描かれていたんだ」と、絵コンテ師のダリン・デンリンジャーに語った。「撮影が進むにつれて、決戦の舞台であるS.H.I.E.L.D.の巨大監視施設のセットで、CGではなく実際に作られるのは一部分だけだと決まったんだ（セットはプロダクション・デザイナーのピーター・ウェナム率いる美術部門によってデザイン）。残りの部分はデジタルで拡張されることになったんだ」。

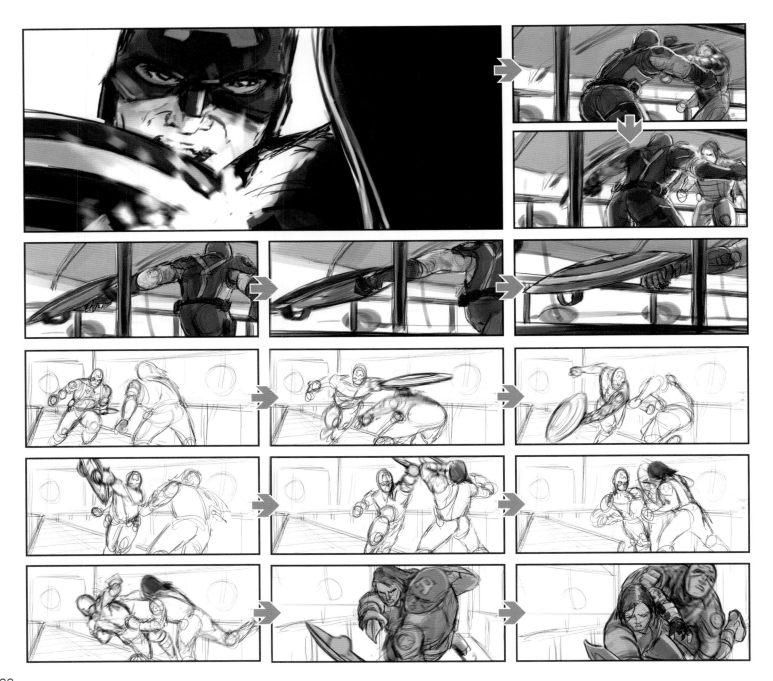

デンリンジャーは話を続けた。「実在するセット上の限られたスペースにアニマティックの戦闘シーンを収めるというのが、私に課せられた務めだった。キャプテン・アメリカとウィンター・ソルジャーが手すりを越えて転がり落ちるシーンでは、スタジオ内の別の建物にあるセットに着地していたんだ。ここの絵コンテは、新規にデザインされたヘリキャリアの下部に繋がる巨大な空間で戦闘がシームレスに行われているように見せるための設計図として役立ったのさ」。

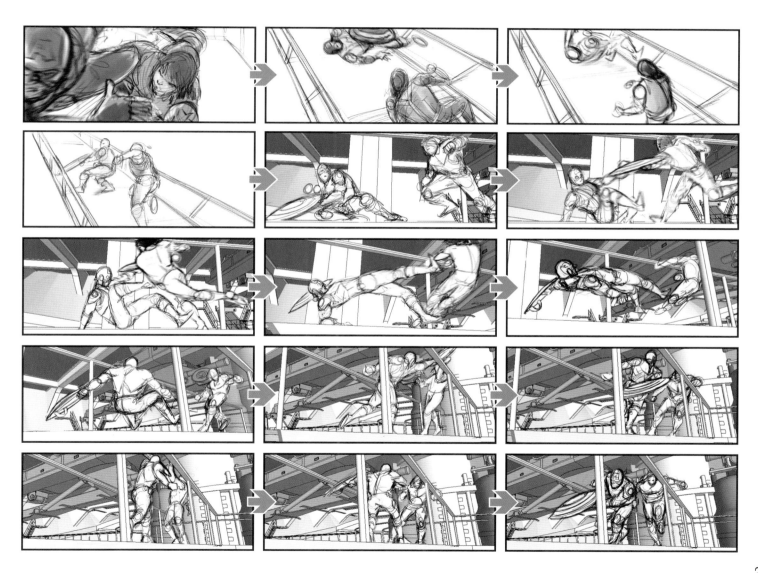

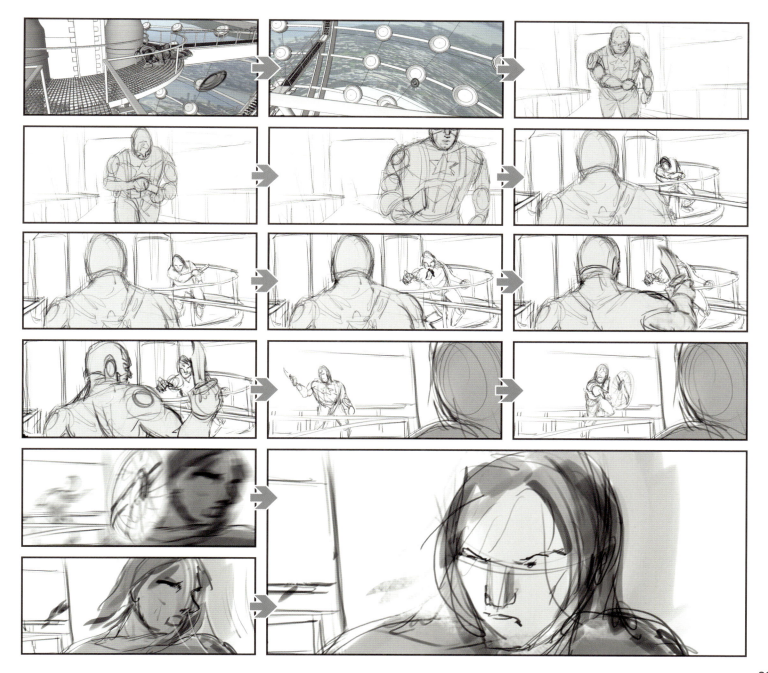

第6章：さらばS.H.I.E.L.D.

コンセプトアーティストのアンドリュー・キムが別件で作成した一連のラフ画を見たライアン・メイナーディングは、フィナーレのシーンをイラスト化するよう、キムに依頼した。キム曰く、「小さなことが予期せぬ形で大きな結果に繋がるのは面白いことだね。ここは、ファルコンにトドメを刺そうとしているラムロウが、すぐそこに迫っている危機に気づいていないというシーンだ」。

ファルコンとラムロウの対決が「41階」として知られるようになったと、デリーブは説明する。「この時のセットでは、ヘリキャリアが41階に衝突する様子のシミュレーションをするために、レバーで上昇させることができる床タイルを作ったんだ。窓は、ガラスが割れる様子をシミュレーションできるものだった。ビルが崩壊する様をよりリアルに表現するために、煙と瓦礫もCGで追加したよ」。

キーフレーム：アンドリュー・キム

派手なフィナーレのキーフレームを描くことは挑戦的な体験だったとフエンテベラは言う。「この戦いが命がけの、壮絶な戦いであると感じてもらいたかったんだ。軍艦同士の海上戦や、様々な戦争の映像、縄張りを守るために戦う大型動物などの映像を観て、このシーンの迫力のフィーリングをつかんだよ」。

VFX部門も参考映像を頼りにしたと言う。「空飛ぶ航空母艦を可能な限り現実に即した形で描こうと、我々は考えたんだ」と、VFXスーパーバイザーのダン・デリーウは語った。「機関砲は三連式で、それぞれの砲身の角度は少しずつズレているんだ。難関だったのは、戦闘中の各ヘリキャリアの損傷具合を追跡することだったよ。ヘリキャリアの位置を元に、どの位置が優勢になるかを判断したんだ。その結果、最も低い位置にあるヘリキャリアが一番ダメージを受けていることになったのさ。インダストリアル・ライト&マジック社がポストビズで、各機関砲からのダメージをマッピングしたんだ。ダメージは戦闘を通して一貫していて、ヘリキャリアが最終的に墜落するまで継続してるわけだ」。

コンセプトアート:ロドニー・フエンテベラ

デリーウ曰く、「各ヘリキャリアには複数のバージョンがあるんだ。ピカピカの状態のバージョンは格納庫から離陸するシーンで見られ、損傷したバージョンは戦闘中に登場する。これらのバージョンは、各ダメージや衝突した跡をしっかりと表現する目的でデザインされたんだ。戦闘中にヘリキャリアが負ったダメージはすべて追跡してある。各ヘリキャリアは、無傷のバージョンと、損傷したバージョンの複数の素材として存在しているんだ。戦闘中のヘリキャリアの位置を見て、適切な量のダメージを与えた。攻撃を受けるたびに、ヘリキャリアの形状が変化していくんだ。ヘリキャリアがポトマック川に墜落すると、水と破壊のシミュレーションがヘリキャリアを引き裂き、格納庫が水に浸されるんだ」。

コンセプトアート：ロドニー・フエンテベラ

第6章 さらばS.H.I.E.L.D.

コンセプトアート：ロドニー・フエンテベラ

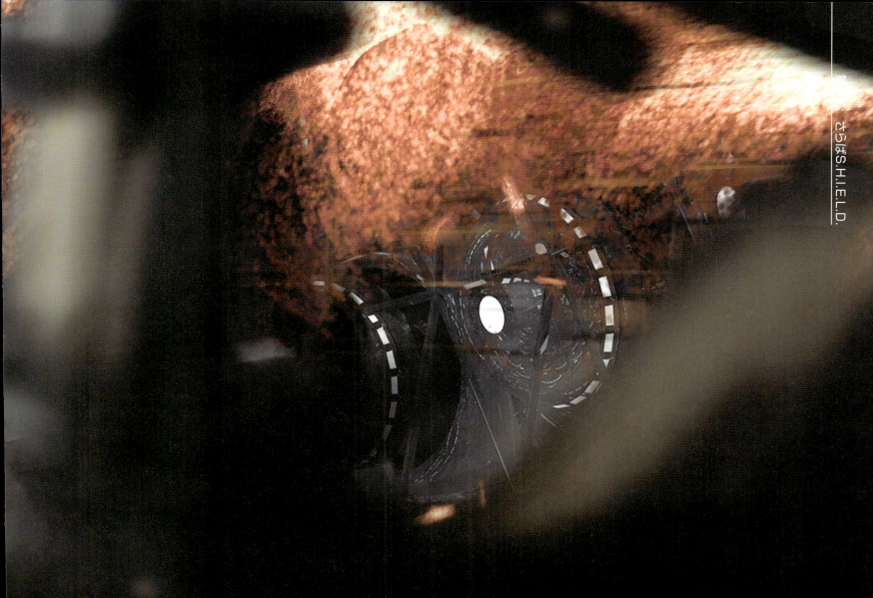

VFX班は、背景に映る監視ドームの90%をレンダリングする任務を負っていた。この監視ドームは、3つの異なるセットが3つの異なるスタジオに分かれて設置されている3階建ての構造だ。「例えば俳優たちが最上階のセットにいる時、我々は中間階と最下階のCGを作成したんだ」と、デリーウは説明。「アクションシーンが繰り広げられる場所に応じて、俳優たちの上か下の階を作成するのさ。一番の難題は、ヘリキャリアの腹部にあるドーム部分だった。ライトがアクリル板を通して上方を照らせるように、床を高くしたセットを作成したんだ。キャラクターを合成するためにグリーンスクリーンを使う必要があったから、グリップ部門がライトの周りにグリーンバッフルを作成してくれたんだ。特定の角度から見れば、バッフルがライトを遮断して、シームレスなグリーンスクリーンを作り出せるわけだ。

ドーム自体は透明で、遠くにワシントンD.C.が見える必要があった。D.C.の風景はCGではなく、ヘリコプターから撮影した静止画と映像を繋ぎ合わせた360度のサイクロラマだ。この背景は俳優たちの後ろに合成され、ポトマック川の上空何百メートルで戦っているような錯覚を与えてくれるんだ」。

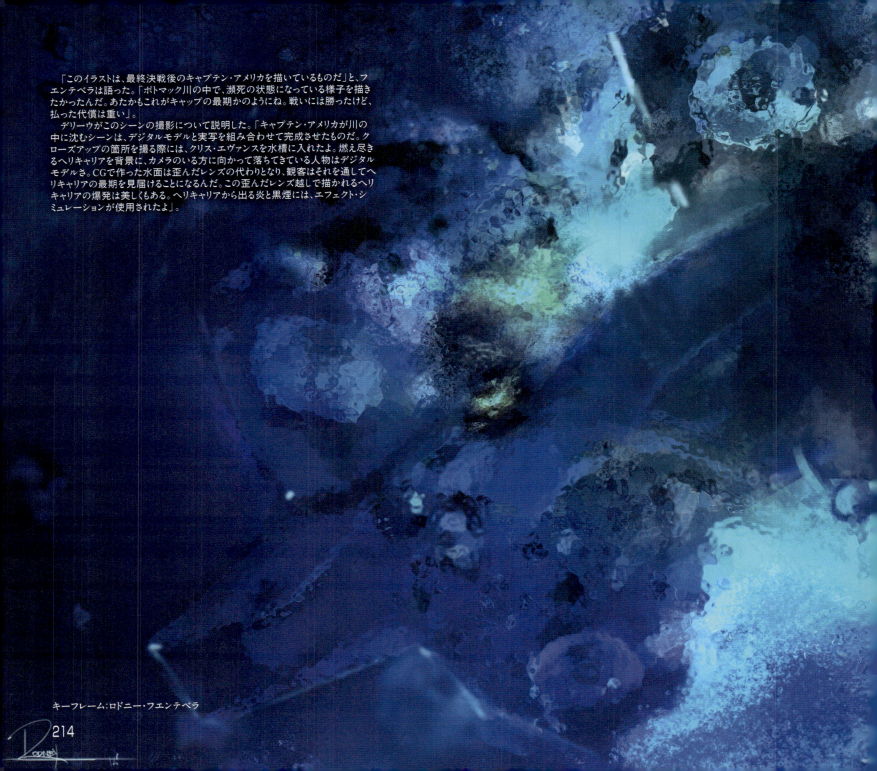

「このイラストは、最終決戦後のキャプテン・アメリカを描いているものだ」と、フエンテベラは語った。「ポトマック川の中で、瀕死の状態になっている様子を描きたかったんだ。あたかもこれがキャップの最期かのようにね。戦いには勝ったけど、払った代償は重い」。

デリーウがこのシーンの撮影について説明した。「キャプテン・アメリカが川の中に沈むシーンは、デジタルモデルと実写を組み合わせて完成させたものだ。クローズアップの箇所を撮る際には、クリス・エヴァンスを水槽に入れたよ。燃え尽きるヘリキャリアを背景に、カメラのいる方に向かって落ちてきている人物はデジタルモデルさ。CGで作った水面は歪んだレンズの代わりとなり、観客はそれを通してヘリキャリアの最期を見届けることになるんだ。この歪んだレンズ越しで描かれるヘリキャリアの爆発は美しくもある。ヘリキャリアから出る炎と黒煙には、エフェクト・シミュレーションが使用されたよ」。

キーフレーム:ロドニー・フエンテベラ

第6章 さらばS.H.I.E.L.D.

第7章
『キャプテン・アメリカ／ウィンター・ソルジャー』のマーケティング

キーフレーム:ライアン・メイナーディング

第7章:キャプテン・アメリカ/ウィンター・ソルジャーのマーケティング

　マーベル・スタジオは毎年、サンディエゴで開催されるコミコン・インターナショナルにて今後公開予定の映画をファンに向けて紹介している。マーベル・スタジオのビジュアル・デベロップメント部門最高責任者であるライアン・メイナーディングは毎年、プレゼント用ポスターを楽しんで作成していると言う。

　メイナーディング曰く、「毎年、その時関わっているプロジェクトの核心を捉えたものを作ろうと、我々は努力しているんだ。コミックは元々は絵だし、コンセプトアートをはじめとした絵への愛はスタジオ内でまだまだ健在だ。マーベルは映画の象徴としてそのアートを世界に披露することを大事にしているんだ。そこがマーベルのクールな部分だと、私は考えているからね」。

　メイナーディングの描いた『キャプテン・アメリカ/ウィンター・ソルジャー』のポスターは、寄り添うように描かれた2人の肖像のクローズアップから始まったが、最終的には背景等の要素を追加することになった。「私は、ヒーローとその旧友との個人的な対決を捉えたかったんだ」と、メイナーディングは語った。「背景には映画終盤の大戦闘が繰り広げられている。映画というメディアとの相性がいい要素だ」。

　数点の劇場用ポスターにはキャプテン・アメリカの盾が使用された。メイナーディング曰く、「作中では、キャプテン・アメリカがステルスコスチュームを着ているシーンもあるので、その時用に盾にも新しい塗装が施されて色が淡くなっているんだろうというのが私の考えだ。それでも塗装が剥がれて赤色が見える部分もある。キャプテン・アメリカは象徴そのものであり、その象徴に色を加えることは彼の物語に価値を付加することも、削ぎ落すこともあるんだ」。

サンディエゴ・コミコン2013限定版ポスター：ライアン・メイナーディング

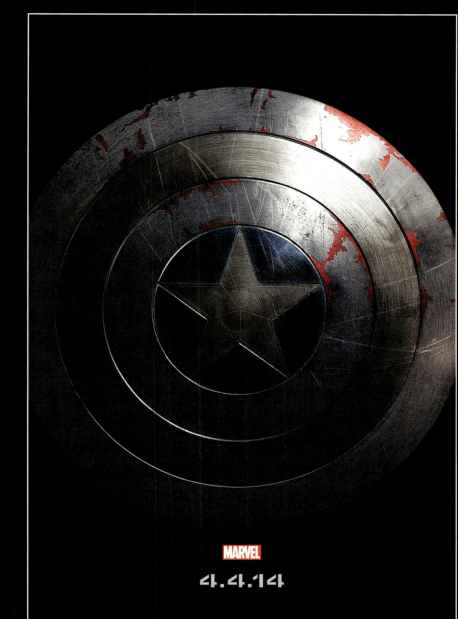

最初のティザーポスター

劇場向けポスター

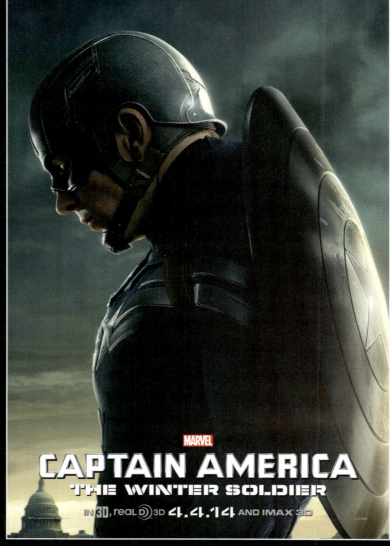
キャラクター別ポスター

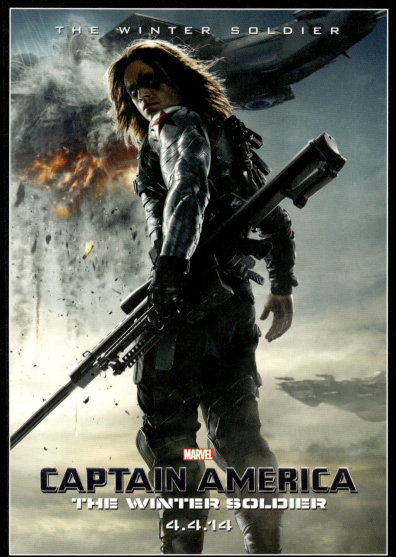

キーフレーム:ライアン・メイナーディング

　マーベル・シネマティック・ユニバースに関われたことは、本当に特別な贈り物のようなものだ。もちろん、毎日のように自分が愛するキャラクターや物語に携わり、絵を描けるという明白な喜びもあるが、マーベルがくれた贈り物は、それだけじゃない。
　映画業界のプロジェクトのほとんどは4ヶ月間の短期契約で終わり、アーティストたちはその後に次の仕事を探さなければいけないんだ。でもマーベルでは、複数本の映画にわたってキャラクターたちに愛を注ぎ、その成長や変化を目の当たりにする機会を与えられるんだ。単発の映画では決して実現できないことだよ。
　キャップの通る旅路は、祖国のために自らを犠牲にした結果、70年もの眠りにつき、目を覚ますと自分が「命を捧げた」国のほとんどは認識できない存在になっていたというものだ。私の仕事は、キャラクターのデザインを通じて物語のニーズを満たし、監督のビジョンを実現することだ。だからこそ、キャップの旅路を視覚的に表現したんだ。70年という時間を隔てた2つの時代で、それ以上に感情的な距離感を伴うキャラクターのコスチュームをデザインできたのは、夢が叶ったような体験さ。
　それこそが、MCUの素晴らしい点だ。キャラクターを深く掘り下げ、洗練し続けることで、その旅路を反映させるためのしっかりとしたデザイン指針が必要になるんだ。キャプテン・アメリカのデザインの基盤は、無垢だった時代のノスタルジアとスーパーソルジャーとしての一面を組み合わせた要素だったが、それが発展し、単なるスーパーヒーローではなく、真のリーダーへと成長したわけだ。この本を通じて、キャプテンの冒険の次なるステージの一端を垣間見ることができたんじゃないだろうか。
　その上で、『キャプテン・アメリカ／ウィンター・ソルジャー』内でルッソ兄弟が実現したキャプテン・アメリカの再構築は、私にとって特別な旅路の一部だった。キャラクターの向かう先の明確なビジョンを2人は持っていたため、キャプテンのコスチュームをデザインする作業は私にとって嬉しい限りだった。2人は、コミックのスーパーソルジャーコスチュームをステルスコスチュームへと進化させることで、秘密工作任務を引き受けるスティーブの覚悟を表現したんだ。同時に、複雑な現代のスパイ活動の世界に足を踏み入れ、スティーブがそれをそれを快く思っていないことを描いている。
　スミソニアン博物館の展示で第二次世界大戦の要素に戻るという作業は、マーベルと一緒にしてきた仕事の中でも個人的なお気に入りさ。2つの巨大な壁画を描くことができただけでなく、それらが物語の中で非常に的確に使われたことで、苦労した甲斐が二重にあったよ。
　ルッソ兄弟が見せたデザインへのこだわりが明確に分かる映画のように、本書からも伝わることを願っているよ。
　ケヴィン、ジョー、アンソニー…マーベル・シネマティック・ユニバースにおけるキャプテンの旅路に輝かしい新章を加えてくれて、本当にありがとう。

ライアン・メイナーディング
2014

監督のアンソニー・ルッソとジョー・ルッソは、批評家から高く評価されているテレビドラマ『アレステッド・ディベロプメント』、『コミ・カレ!!』、『Happy Endings（原題）』に関わったとして有名。2人は3つの番組すべてのパイロット版を監督し、それぞれを象徴するエピソードの多くも手がけてきた。オハイオ州クリーブランド出身、1歳違いの兄弟であるルッソ兄弟は、クレジットカードや学生ローンを使って処女作『Pieces（原題）』を制作。この実験的なコメディ映画は家族や友人の助けを借りて撮影され、1997年にスラムダンス映画祭とアメリカ映画協会映画祭で上映され、ジョーは後者で主演男優賞を受賞。スラムダンスでの上映時にスティーヴン・ソダーバーグ監督の目に留まり、ソダーバーグは制作パートナーのジョージ・クルーニーとともに兄弟の2作目の映画である犯罪コメディ『ウェルカム・トゥ・コリンウッド』をプロデュース。ケヴィン・ライリーがFXネットワークを再構築していた際、『ウェルカム・トゥ・コリンウッド』を観た彼は、兄弟に新作コメディ『Lucky（原題）』のパイロット版を監督するよう依頼しました。奇しくも、そのパイロット版のファンとなった1人が、イマジン・エンターテインメントの共同創設者ロン・ハワードだった。彼は脚本家のミッチ・ホーウィッツとともに、従来型のシチュエーションコメディを新たな方向性に導こうと模索していた。そして、『アレステッド・ディベロプメント』のパイロット版の監督としてルッソ兄弟を起用。兄弟はHDカメラを使い、複雑な照明やクルーを最小限に抑え、番組のファンに支持された独特のビジュアルスタイルを形成した。この演出により、兄弟はエミー賞を受賞。2008年には『コミ・カレ!!』のパイロット版を、2009年には『Happy Endings（原題）』のパイロット版を監督。兄弟はエグゼクティブプロデューサーとしてダン・ハーモンやデヴィッド・キャスプと協力し、3年間にわたって両番組を同時に制作してきた。過去10年間でルッソ兄弟は12本のテレビドラマのパイロット版を監督し、そのうち10本がシリーズ化された。.

プロデューサー兼マーベル・スタジオ社長のケヴィン・ファイギは過去10年間にわたり、マーベルのコミックから映画化された数々の大ヒット作を成功に導く上で重要な役割を果たしてきた。ファイギはプロデューサー兼社長として、マーベル・スタジオの長編映画および家庭用エンターテインメント事業すべての監修を行っている。『キャプテン・アメリカ／ウィンター・ソルジャー』のプロデュースに加え、現在は『ガーディアンズ・オブ・ギャラクシー』、『アベンジャーズ／エイジ・オブ・ウルトロン』、『アントマン』のプロデュースにも取り組んでいる。過去のプロデュース実績には、ハリウッド史上2番目の初週売上を果たし、『アベンジャーズ』に次ぐ成功を収めた『アイアンマン3』も含まれる。また、ファイギは『マイティ・ソー／ダーク・ワールド』、『マイティ・ソー』、『キャプテン・アメリカ／ザ・ファースト・アベンジャー』、『アイアンマン2』、『アイアンマン』もプロデュースしている。

エグゼクティブ・プロデューサー兼マーベル・スタジオ共同社長のルイス・デスポジートは、『アイアンマン』、『アイアンマン2』、『マイティ・ソー』、『キャプテン・アメリカ／ザ・ファースト・アベンジャー』、『アベンジャーズ』、『アイアンマン3』、そして直近では『マイティ・ソー／ダーク・ワールド』といった大ヒット作のエグゼクティブ・プロデューサーを務めてきた。現在は『ガーディアンズ・オブ・ギャラクシー』に取り組む一方で、マーベル・スタジオ社長のケヴィン・ファイギと共に、今後のマーベル映画のラインナップを構築している。スタジオの共同社長兼全マーベル映画のエグゼクティブ・プロデューサーとして、デスポジートはスタジオ運営と映画製作の開発から配給までの各段階を監修する役割を両立させている。さらに共同社長としての役割以外にも、デスポジートはスタジオの特別映像プロジェクトの監督も担当している。ヘイリー・アトウェル主演の短編『エージェント・カーター』や、『アベンジャーズ』のBlu-rayディスクに特典映像として収録された短編『アイテム47』がその代表例だ。デスポジートは2006年にマーベル・スタジオに入社。それ以前のエグゼクティブプロデューサーとしての実績には『幸せのちから（2006年公開、ウィル・スミス主演）』、『ザスーラ』、『S.W.A.T.（2003年公開、サミュエル・L・ジャクソン&コリン・ファレル主演）』が含まれる。

本書関係者詳細（2014年現在）

キーフレーム：ライアン・メイナーディング

本書関係者詳細（2014年現在）

エグゼクティブ・プロデューサーのヴィクトリア・アロンソは、現在『アベンジャーズ／エイジ・オブ・ウルトロン』および『ガーディアンズ・オブ・ギャラクシー』のエグゼクティブ・プロデューサーを務めている。また、マーベル・スタジオのVFX兼ポストプロダクションのエグゼクティブ・ヴァイスプレジデントとしても活躍中だ。これまでに『キャプテン・アメリカ／ウィンター・ソルジャー』、『マイティ・ソー／ダーク・ワールド』、『アイアンマン3』、『アベンジャーズ』のエグゼクティブ・プロデューサーを務めた。さらに、ジョン・ファヴロー監督と共に『アイアンマン』および『アイアンマン2』の共同プロデューサーを務めたほか、『マイティ・ソー』、『キャプテン・アメリカ／ザ・ファースト・アベンジャー』の制作にも関わっている。アロンソのキャリアはVFX業界の発展初期段階から始まり、CMのVFXプロデューサーとしてキャリアをスタートした。その後、多くの劇場映画でVFXプロデューサーを務め、リドリー・スコット（『キングダム・オブ・ヘブン』）、ティム・バートン（『ビッグ・フィッシュ』）、アンドリュー・アダムソン（『シュレック』）などの著名な監督たちと関わってきた。

エグゼクティブ・プロデューサーのマイケル・グリロは、キャリアの初期に『ヤング・フランケンシュタイン』および『タワーリング・インフェルノ』の全米監督協会トレイニーとして製作現場での経験を積んできた。その後、『ディック＆ジェーン 復讐は最高！』、『ニューヨーク・ニューヨーク（マーティン・スコセッシ監督作品）』、およびアカデミー賞で作品賞受賞作品の『ディア・ハンター』の第二助監督を務めた。その後、数々の作品で第一助監督を務めるようになり、ローレンス・カスダン監督と何度も仕事を共にすることに。カスダン監督作品の『白いドレスの女』、『再会の時』では第一助監督を務め、カスダン監督およびチャールズ・オークンと共に『シルバラード』、『殺したいほどアイ・ラブ・ユー』、『ワイアット・アープ』のエグゼクティブ・プロデューサーを担当。また、『クロス・マイ・ハート』では共同プロデューサー、『わが街』および『偶然の旅行者』ではプロデューサーを務め、後者はアカデミー賞の作品賞にノミネートされた。その後も、『あなたの死後にご用心！』、『トリガー・エフェクト』のプロデューサーや、『グリーン・ホーネット』のエグゼクティブ・プロデューサーを担当。さらに、ドリームワークス初の長編映画『ピースメーカー』のエグゼクティブ・プロデューサーを務め、1996年から2005年までドリームワークスの長編映画製作管理部門の責任者を務めた。『アメイジング・スパイダーマン』のエグゼクティブ・プロデューサーを務めたほか、現在は『アントマン』の準備を進めている。グリロ氏は助監督として2度の全米監督協会賞を受賞しており、映画芸術科学アカデミーおよび全米監督協会のメンバーでもある。

共同プロデューサーのネイト・ムーアは、2010年にマーベル・スタジオに入社し、主に長期的な企画開発やマーベル・ライターズ・プログラムの運営を担当してきた。『キャプテン・アメリカ／ウィンター・ソルジャー』は、ムーア氏が初めて手がけたマーベルの長編映画だ。ムーア氏はコロンビア・ピクチャーズやエクスクルージヴ・メディアで数々の長編映画に携わり、映画業界でのキャリアをスタートさせた。熱心なマーベル・コミックのファンであるムーアは、キャプテン・アメリカの世界観を拡張する手助けができることに大きな喜びを感じている。

プロダクション・デザイナーのピーター・ウェナムは、デモンフォート大学でインテリアデザインと建築を学んだ後、1987年にBBCでキャリアをスタートさせた。その後、イギリスのITVやロンドン・ウィークエンド・テレビジョンで、テレビ番組『名探偵ポワロ』などのアート・ディレクターを務めてきた。その後、劇場映画やテレビ映画の世界に進出し、『ホーンブロワー』シリーズの『反乱』と『ナポレオンの弟』でミニシリーズ、テレビ映画、および特別番組の優れたアートディレクション部門でエミー賞にノミネートされた。テレビドラマおよびテレビ映画での成功は、英国の長編映画でのスーパーバイジング・アートディレクターとしての仕事に繋がり、『ボーン・スプレマシー』、『キンキーブーツ』、『クィーン（ADG優秀プロダクションデザイン賞ノミネート作品）』、および『ブラッド・ダイヤモンド』などの映画に携わってきた。『ボーン・スプレマシー』での仕事は、『ボーン・アルティメイタム』でプロダクション・デザイナーを務めるきっかけとなり、この作品でもADG優秀プロダクションデザイン賞にノミネートされた。『ボーン』シリーズ後のウェナムは『世界侵略:ロサンゼルス決戦』、『ワイルド・スピード MEGA MAX』、『21ジャンプストリート』、『グランド・イリュージョン』など、アメリカの映画作品のプロダクション・デザインを手がけた。現在は、クリス・コロンバス監督、アダム・サンドラー主演の映画『ピクセル』の制作に取り組んでいる。

衣装デザイナーのジュディアンナ・マコフスキーは、『シービスケット』、『ハリー・ポッターと賢者の石』、および『カラー・オブ・ハート』で3度のアカデミー賞ノミネートされた経験を持つデザイナーだ。また、後者2作品では衣装デザイナー組合賞を受賞し、『ハリー・ポッターと賢者の石』では英国アカデミー賞のノミネートされた。最近では、『ハンガー・ゲーム』や『エアベンダー』、『Mr.スキャンダル』の衣装デザインを担当した。他にも、『ダレン・シャン』、『X-MEN:ファイナル ディシジョン』、『ナショナル・トレジャー』シリーズ、『バガー・ヴァンスの伝説』、『プラクティカル・マジック』、『ロリータ』、『Mr.ブルックス 完璧なる殺人鬼』、『リトル・プリンセス』、『クイック&デッド』、『ディアボロス／悪魔の扉』、『白い嵐』、『運命の逆転』、『大いなる遺産』など、多数の作品で衣装を手掛けてきた。マコフスキーは、シカゴ美術館附属美術大学で美術学士号を取得し、グッドマン演劇学校およびイェール大学演劇学校のMFAプログラムにも在籍していた。

撮影監督のトレント・オパロックは、動物ドキュメンタリーの撮影監督をしていた義父の影響で10代のころからカメラマンとして働いてきた。映画学校卒業後、短編映画やミュージックビデオ、CMの撮影を手がけた後、ニール・ブロムカンプ監督のアカデミー賞ノミネート作品、『第9地区』の撮影を担当した。『第9地区』でのオパロックの仕事は、2010年の英国アカデミー賞で撮影賞にノミネートされたほか、カナダ撮影監督協会賞やオンライン映画批評家協会賞にもノミネートされた。『キャプテン・アメリカ／ウィンター・ソルジャー』に加え、オパロックが携わった長編映画には、マット・デイモン&ジョディ・フォスター主演の『エリジウム』、およびヒュー・ジャックマン&シガニー・ウィーバー主演の『チャッピー』が含まれる。

ビジュアル・デベロップ部門最高責任者であるライアン・メイナーディングは、2005年からフリーランスのコンセプトアーティスト兼イラストレーターとして映画業界で活動を開始したが、彼の作品はすでに業界のベテランに匹敵するほどの高い評価を受けている。ノートルダム大学で工業デザインの学位を取得した後にハリウッドへ移り、『アウトランダー』に携わった。その後、『アイアンマン』を経て『トランスフォーマー／リベンジ』に参加し、『ウォッチメン』では衣装デザインを担当。『アイアンマン2』の制作中には、コミックシリーズ『インビンシブル・アイアンマン』向けに新規のアイアンマン用アーマーのデザインを提供し、マーベル・スタジオとマーベル・コミックスの強い結びつきをさらに確固たるものにした。メイナーディングは、『アイアンマン』チームの一員として2009年の美術監督組合ファンタジー映画部門優秀賞にノミネートされた。また、『マイティ・ソー』のメインコンセプトデザイナーの1人であり、『キャプテン・アメリカ／ザ・ファースト・アベンジャー』および『アベンジャーズ』ではビジュアル・デベロップ共同スーパーバイザーを務めた。その後、『アイアンマン3』、『キャプテン・アメリカ／ウィンター・ソルジャー』、『アベンジャーズ／エイジ・オブ・ウルトロン』ではビジュアル・デベロップ部門の最高責任者を務めている。

フィジカルスーツ・エフェクト・スーパーバイザーのシェイン・マハンは、スタン・ウィンストンと20年以上にわたり共に仕事をしてきた経歴を生かし、同僚のリンゼイ・マガウアン、アラン・スコット、ジョン・ローゼングラントと共に特殊効果会社を設立した。2008年に設立されたレガシー・エフェクツ社は、マーベル・シネマティック・ユニバースのフェーズ1を含む数々の高額予算映画に携わってきた。共同オーナーであり特殊効果スーパーバイザーのシェイン・マハンは、『アイアンマン』、『アイアンマン2』、『マイティ・ソー』、『アベンジャーズ』、『アイアンマン3』、そして『パシフィック・リム』といった映画で、アナログな特殊効果を映像化する重要な役割を果たしてきた。一方でレガシー・エフェクツ社は、『アバター』、『スノーホワイト』、『ザ・マペッツ』、『ライフ・オブ・パイ／トラと漂流した227日』、『ボーン・レガシー』、『トワイライト・サーガ／ブレイキング・ドーン』などの幅広い映画制作に関わっており、さらに『ロボコップ』、『セブンス・サン 魔使いの弟子』、そしてマーベルの『キャプテン・アメリカ／ウィンター・ソルジャー』といった今後公開予定の作品にも携わっている。

プロパティ・マスターのラッセル・ボビットの経歴には、マーベルの『アイアンマン』シリーズ3作品、『マイティ・ソー』、『キャプテン・アメリカ／ウィンター・ソルジャー』、さらに『オズ はじまりの戦い』、『ハングオーバー!』、『ハングオーバー!! 史上最悪の二日酔い、国境を越える』、『スター・トレック（J・J・エイブラムス監督作品）』などが含まれる。映画の小道具のデザイン、製造、調達、そしてシーンごとの小道具の継続性を確立する責任を担うボビットは、30年間にわたり数々の名作映画内のリアリティを形作ってきた。これまでにハミルトンのビハインド・ザ・カメラ・アワードの最優秀プロパティ・マスター賞を2度受賞しており、さらに監督としてテリー賞を2度受賞している。彼は現在、妻のトレイシーと娘のジョーダンと共にロサンゼルスに居住している。

VFXスーパーバイザーのダン・デリーウは、マーベルの『キャプテン・アメリカ／ウィンター・ソルジャー』で全体のVFXスーパーバイザーを務めた。ダンは南カリフォルニアで育ち、幼少期からエフェクト制作に携わってきた。毎年夏休みにはミニチュアを作り、それらを7月4日の独立記念日に壮大に破壊するという楽しみを持っていた。大学を卒業後、デリーウはドリーム・クエスト・イメージズに入社し、デジタル部門2人目の社員として働き始めた。『クリムゾン・タイド』、『ザ・ロック』、『サラマンダー』ではデジタル・スーパーバイザーを務めた。その後、キャラクターアニメーションの世界に進出し、リズム&ヒューズ・スタジオのVFXスーパーバイザーとして『ナイト・ミュージアム』に携わり、アカデミー賞視覚効果部門のノミネート選考会にまで進出。ダンは『アイアンマン3』でセカンドユニットのスーパーバイザーを担当し、マーベルの一員となった。

VFXプロデューサーのジェン・アンダーダールの映画およびテレビ業界での経験は11年にわたり、ハリウッドの最も尊敬される映画に携わってきた。彼女はマーベルに4年近く在籍しており、その間に『アベンジャーズ』でVFXエグゼクティブ、マーベル・ワンショットの『アイテム47』でVFXプロデューサー、そして『キャプテン・アメリカ／ザ・ファースト・アベンジャー』のVFXプロダクション・マネージャーを務めた。マーベルに入社する前は、ゴア・ヴァーピンスキー監督作品の『パイレーツ・オブ・カリビアン／ワールド・エンド』、ウォシャウスキー姉妹監督作品の『スピード・レーサー』、クリス・コロンバス監督作品の『パーシー・ジャクソンとオリンポスの神々』、クリント・イーストウッド監督作品の『父親たちの星条旗』と『硫黄島からの手紙』などの作品にフリーランスとして関わってきた。デジタル効果に転向する前は映画とテレビ用の実物大ミニチュアや小道具を作る工房でキャリアをスタートさせた。ジョン・ファヴロー監督作品の『ザスーラ』、ロブ・コーエン監督作品の『ステルス』、ローランド・エメリッヒ監督作品の『デイ・アフター・トゥモロー』などのエフェクト重視の映画に携わってきた。

コンセプトアーティストのロドニー・フエンテベラはカリフォルニア大学ロサンゼルス校でデザインの学位を取得し、アート・センター・カレッジ・オブ・デザインでプロダクション・デザインを学んだ。フィリピン生まれのサンフランシスコ育ちで、エレクトロニック・アーツ、アタリ、リズム&ヒューズ・スタジオ、ドリームワークス・アニメーション、WIRED等でさまざまなプロジェクトに携わってきた。また、映画業界ではリズム&ヒューズ・スタジオでコンセプトアーティストとして働いた後、マーベル・スタジオのビジュアル・デベロップメント・チームに参加した。ロドニーは『キャプテン・アメリカ／ザ・ファースト・アベンジャー』、『アベンジャーズ』、『アイアンマン3』、そして今後公開予定のマーベル・スタジオ作品にのキービジュアルイラストやキャラクターデザインを担当している。

コンセプトアーティストのアンディ・パークは、約10年間コミックのイラストを手がけ、『トゥームレイダー』、『Excalibur（原題）』、『アンキャニーX-MEN』など、マーベル、DC、イメージ・コミックの作品に携わってきた。2004年からはビデオゲームやテレビ番組のコンセプトアーティストとして活動を開始。ソニー・コンピュータエンタテインメントアメリカ製の『ゴッド・オブ・ウォー』シリーズで、世界観やキャラクターのデザインを担当するアーティストの1人として活躍した。パークはその後、マーベル・スタジオのビジュアル・デベロップメント・チームに参加し、『アベンジャーズ』、『キャプテン・アメリカ／ザ・ファースト・アベンジャー』、『アイアンマン3』、『ガーディアンズ・オブ・ギャラクシー』、『キャプテン・アメリカ／ウィンター・ソルジャー』、『アベンジャーズ／エイジ・オブ・ウルトロン』などのキャラクターやキービジュアルのデザインを担当した。

コンセプトアーティストのジョッシュ・ニジーは、イリノイ大学でグラフィックデザインの学位を取得後、9年間に渡ってビデオゲーム業界で働いた。アート・ディレクター、コンセプトアーティスト、モデラー、アニメーターとして『レッドファクション』シリーズ、『The Punisher（原題）』、『メック アサルト2：ローンウルフ』、『Fracture（原題）』などのゲームに携わった。その後、ニジーは映画業界でイラストレーターとしても活動を開始し、『トランスフォーマー』シリーズの2～4作目、『アメイジング・スパイダーマン』、『アベンジャーズ』、『アベンジャーズ／エイジ・オブ・ウルトロン』、『ジャンゴ 繋がれざる者』、『ウルヴァリン：SAMURAI』などの映画に携わってきた。また、ニジーはビデオゲームのプロジェクトに引き続き携わりながら、玩具、コミック、テレビなどの分野にも進出している。

絵コンテ師のダリン・デンリンジャーは中学時代にマーベル・コミックスの表紙を模写して絵を学び始めた。10代のころに『スーパーマン』や『エイリアン』を観たことがきっかけで芸術と映画の両方に情熱を抱き、映画制作を学ぶためにサンディエゴ州立大学に進学し、ユニバーサル・スタジオやソニー・ピクチャーズで様々な経験を積んでハリウッドの内情を学んだ。親友のジョージ・ホアンの監督作『Trojan War（原題）』で絵コンテを担当する機会を得たことで、デンリンジャーは自身の天職を発見。デンリンジャーは『パイレーツ・オブ・カリビアン』や『ブライズメイズ 史上最悪のウェディングプラン』など、さまざまな映画に貢献してきた。子供のころからのコミックに執着していた点を考えれば、マーベル作品の『インクレディブル・ハルク』、『マイティ・ソー』、『キャプテン・アメリカ／ザ・ファースト・アベンジャー』、『アベンジャーズ』、そして『アイアンマン3』に携われたことは、夢がかなった瞬間だ。現在、『アベンジャーズ／エイジ・オブ・ウルトロン』の仕事を終わらせようとしているデンリンジャーは、愛妻のマリと息子のエイダンとネイトと共にロサンゼルスで暮らしている。

絵コンテ師のリチャード・ベネット・ラマスはウルグアイで生まれたのち、ニューヨークに移住してからコミック業界でのキャリアをスタートさせた。10年間、マーベルやイメージ・コミックなどの複数の会社で仕事をし、その後、パサデナにあるアート・センター・カレッジ・オブ・デザインに進学。そこでイラストを学び、卒業後は映画業界での活動を始めた。彼が携わった映画には、『エイリアンVSプレデター』、『ゾディアック』、『ベンジャミン・バトン 数奇な人生』、『ソーシャル・ネットワーク』、『ミッション：インポッシブル／ゴースト・プロトコル』、『オブリビオン』、『スター・トレック』などがある。直近では『トゥモローランド』や『アベンジャーズ』、そして『キャプテン・アメリカ／ウィンター・ソルジャー』にも参加した。

絵コンテ師兼アニマティック・スーパーバイザーのフェデリコ・ダレッサンドロは、ハリウッドの名絵コンテ師として名を馳せ、数多くの大作映画で重要な役割を果たしてきた。『アイ・アム・レジェンド』や『かいじゅうたちのいるところ』、『ナルニア国物語』シリーズなどの大作でキャリアをスタートさせた後に、絵コンテとプリビジュアライゼーションの境界線を曖昧にするダイナミックなアニマティックで有名となった。2009年にマーベル・スタジオにそのアニマティックを導入し、『マイティ・ソー』や『キャプテン・アメリカ／ザ・ファースト・アベンジャー』、『アベンジャーズ』、『アイアンマン3』、『マイティ・ソー／ダーク・ワールド』などの映画で信頼を勝ち取ってきた。彼は今後公開予定の『アベンジャーズ／エイジ・オブ・ウルトロン』や『アントマン』にも携わっている。

Proof, Inc.所属のプリビジュアライゼーション・スーパーバイザー、モンティ・グラニトは、2003年からプリビジュアライゼーションとデジタル撮影の分野で活躍してきた。元々はコミックアーティストで、キャラクターアニメーターとしても成功を収め、映画『トランスフォーマー』や『アイ・アム・レジェンド』、『アメイジング・スパイダーマン』の印象的なシーンをデザイン、アニメーション、撮影してきた。また、ブルースカイ・スタジオやCurious PicturesでのフルCGアニメーションのシーケンスも手掛けてきた。Proof, Inc.では『42 ～世界を変えた男～』、『グリーン・ランタン』、『トロピック・サンダー／史上最低の作戦』、『ベッドタイム・ストーリー』などのプロジェクトで、アーティストチームを監督し、探索的なピッチ用アニメティクスや従来のプリビジュアライゼーションを指導してきた。マーク・ウェイド作のキャプテン・アメリカのコミックを愛読していたため、『キャプテン・アメリカ／ウィンター・ソルジャー』でプリビジュアライゼーション・チームのスーパーバイザーを担当することができたのは、彼にとって夢のような経験だ。彼はニューヨークのファッション工科大学でコンピュータアニメーションの学士号を取得し、イラストレーションの准学士号も持っている。

アニマティック・エディターのコーラル・ダレッサンドロは、業界でトップクラスのアニマティック・エディターとして名を馳せている。彼女はキャリアを『ナルニア国物語』シリーズのアシスタント・エディターとしてスタートし、『ナルニア国物語／第3章：アスラン王と魔法の島』のアニマティック制作において重要な役割を果たした。その後、インディーズのアニメーションスタジオで絵コンテを担当したのちにマーベルの一員となり、『アベンジャーズ』のアニマティック制作に携わり、『アイアンマン3』、『マイティ・ソー／ダーク・ワールド』、そして『アベンジャーズ／エイジ・オブ・ウルトロン』のアニマティックも担当した。

アニマティック・アーティストのジェームス・ロスウェルは18年間にわたりエンターテインメント業界で活躍してきたベテランで『ミッション：インポッシブル／ローグ・ネイション』、『グースバンプス モンスターと秘密の書』、『モンスタートラック』、『アントマン』、『キャプテン・アメリカ／ウィンター・ソルジャー』、『カウボーイ ＆ エイリアン』、『マイティ・ソー』、『アイアンマン』および『アイアンマン2』、『スパイダーマン2』、『猿の惑星：創世記』、『天使と悪魔』、『ハルク』、『シャーロットのおくりもの』、『ファースター 怒りの銃弾』、『アウトランダー』など、数多くの映画に携わってきた。また、彼はオーソン・ウェルズのラジオドラマ『ヒッチハイカー』のアニメーション版を独自に制作、編集。ハリウッド映画祭やロサンゼルス映画祭で上映されたのちに全米各地で上映され、ロードアイランド映画祭での受賞や、第34回USAフィルムフェスティバルでのファイナリスト進出などを経験した。

ライアン・メイナーディングによるウィンター・ソルジャーの
冬眠室の初期コンセプトアート

本書関

ヴィクトリア・アロンソ	コーラル・ダレッサンドロ	ジョン・イーヴス	モンティ・グラニト
リチャード・ベネット	フェデリコ・ダレッサンドロ	スティーブ・エプティング	フランク・グリロ
ラッセル・ボビット	フランク・ダルマタ	クリス・エヴァンス	マイケル・グリロ
エド・ブルベイカー	ダン・デリーウ	ケヴィン・ファイギ	ブライアン・ヒッチ
ジェームズ・カーソン	ダリン・デンリンジャー	J・J・フィールド	サミュエル・L・ジャクソン
ステファノ・カセッリ	キム・デムルダー	ティム・フラッタリー	バーニー・ジェイ
ケネス・チョイ	ルイス・デスポジート	ダニエル・フリードマン	スカーレット・ヨハンソン
トム・コーカー	マリアーノ・ディアス	ロドニー・フエンテベラ	ジェイコブ・ジョンストン
クリスチャン・コルデッラ	デール・イーグルシャム	サニー・ゴー	アンドリュー・キム

者一覧

セオドア・W・カット	ロブ・マッキノン	アンシュマン・プラサド	ジョルジュ・サンピエール
スタン・リー	ライアン・メイナーディング	ジェイミー・ラマ	クリス・スウィフト
デレック・ルーク	ネイト・ムーア	ロバート・レッドフォード	トリン・トラン
アンソニー・マッキー	デイヴィッド・モロー	ブルーノ・リッチ	アンディ・トロイ
シェイン・マハン	ポール・ニアリー	クリストファー・ロス	ジェン・アンダーダール
ジュディアンナ・マコフスキー	ジョッシュ・ニジー	ルーク・ロス	ピーター・ウェナム
ローラ・マーティン	トレント・オパロック	ジェームス・ロスウェル	
ニール・マクドノー	アンディ・パーク	アンソニー&ジョー・ルッソ	
スティーヴン・マクフィーリー	ジュリアン・プーニエ	セバスチャン・スタン	

アーティスト一覧

ライアン・メイナーディング P2〜3、20〜21、46〜53、56〜63、106〜111、142〜145、166〜169、183、216〜218、222〜227、表紙、折り込みページ

ロドニー・フエンテベラ P4〜7、33、114〜115、120〜123、140〜141、146〜147、170〜171、174〜175、194〜195、208〜214

アンドリュー・キム P16〜17、32、135〜137、206〜207

ジェームス・カーソン P18〜19、64〜67、70〜71、102〜105、112〜113

アンディ・パーク P24〜25、77、182

ジョン・イーヴス P28〜29、95

クリスチャン・コルデッラ P30、92、154〜155

マリアーノ・ディアス P32

ダリン・デンリンジャー P36〜43、88〜89、96〜97、134、138〜139、156〜163、200〜205

デイヴィッド・モロー P54〜55、64〜67、90〜91

ジェイミー・ラマ P74〜83、88〜89、128〜133

ティム・フラッタリー P84〜85、94

ロブ・マッキノン P44〜45、98〜99

インダストリアル・ライト&マジック社 P86〜87

モンティ・グラニト P116〜120、120〜121、124〜125、156〜163、188〜189

ジョッシュ・ニジー P148〜149、172〜173、178〜181、186〜187

レガシー・エフェクツ社 P150〜151、184〜185

フェデリコ・ダレッサンドロ P196〜199

コーラル・ダレッサンドロ P156〜163